L'ATTENTE

Encres Noires

Créée en 1990, la collection « Encres noires » est consacrée à la publication d'œuvres littéraires (romans et nouvelles) d'auteurs africains vivant sur le continent ou issus de la diaspora. Son catalogue recèle de nombreux titres devenus depuis des classiques de la littérature africaine d'expression française.

Déjà parus

Mounkala (Jean Claude), *Les enfants de la misère sont des enfants courageux. « Yich lanmizè… ni tchè ! »*, 2024.
Guei (Constant), *Les salauds ! 11 chroniques de la comédie humaine*, 2023.
Doyen (São), *Autobiographie d'un chardon*, Récit, 2021
Kavungu (Aristote), *L'Accordéoniste*, 2021.
Mukoko Ngondo (Archip-Joseph), *Sous les tropiques de Kinshasa,* 2020.
Diagne (Khady Fall), *Les amazones de Sangomar,* 2020.
Diarra (Massaran Sekou), *Sous le regard du destin,* 2020.
Mahoungou (Dina), *Bloody Kongo*, 2020
Kangomba Lulamba (Jean-Claude), *Misère au point, 2020*
Takoué (Boris Anselme), *Sylvia, la fille aux yeux bleus*, 2020
Siyad Mahamoud (Safia), *Lueurs infernales*, 2020.
Duma di Bula (Gampoko), *Congo mater, roman*, 2019.

Ces douze derniers titres de la collection sont classés par ordre chronologique en commençant par le plus récent.
La liste complète des parutions, avec une courte présentation du contenu des ouvrages, peut être consultée sur le site http://www.editions-harmattan.fr

Dara Keba

L'ATTENTE

Récit d'une initiation

5-7, rue de l'Ecole-Polytechnique, 75005 Paris

http://www.editions-harmattan.fr

ISBN : 978-2-336-44395-9
EAN : 9782336443959

À Diadia, Barra & Nanou

Toute ma vie, je me souviendrai de ce jour, l'année de mes quatre ans. À la maison, ma mère, Mariama, passe l'après-midi avec ses sœurs, Bintou et Nabou. Quelques amies sont présentes. Elles ont préparé des *pastels*, des *fatayas*, des *accras* et des beignets et un bon *thiébou dieune* comme on l'aime à midi. Ça trame toujours quelque chose d'ambigu ces fêtes inattendues !

Avec Barra, mon meilleur ami, nous passons la journée à nous régaler de ces gâteries. Nous sommes heureux d'être à la maison à côté de nos mamans.

Vers seize heures passées, Diadia, ma grand-mère, rentre un peu plus tôt que d'habitude du marché à cause de l'orage qui approche.

Nous nous réjouissons de cette pluie qui s'annonce un jour de fête. Nous la convoquons par nos chants. Barra s'y lance en peulh, sa langue maternelle, je le suis :

Alla yo mama ok'karan diyam mi loro Alla yo mama ok'karan diyam mi loro, ainsi de suite, ainsi de suite ; ou alors en diakhanké, ma langue maternelle, au tour de Barra de m'accompagner :

Sandjo ni ma n'na, bambo tata djibiyo, Sandjo ni ma n'na, bambo tata djibiyo…

Nous n'avons pas véritablement de préférence sur nos deux langues, c'est selon le moment et le lieu.

Au crépuscule, l'horizon s'obscurcit. L'orage approche. Le ciel se charge de nuages épais. Le vent lève la poussière en violents tourbillons. Dans la grande cour de Diadia, la ligne sur laquelle est suspendu le linge cède, les feuilles du manguier dans la cour, les clôtures en bambou, tremblent sous l'effet de vents violents, des affaires s'éparpillent partout dans la cour. Diadia perd son foulard ! Nous nous arrêtons de chanter à cause de la poussière dans nos yeux. Barra repart avec sa mère Aby. Je reste seul avec Diadia qui craint que ce ne soit le déluge. Elle se hâte de vider son âme dans la grande cour.

Diadia, cette forte femme, ne redoute pas grand-chose sur terre. Elle n'a pas froid aux yeux, comme on dit. L'orage, cependant, la rend craintive comme une petite fille ; le tonnerre la panique, les éclairs l'affolent. Dès que l'orage s'annonce, les traits avant-coureurs à peine esquissés, les contours à peine dessinés, à peine la menace s'en précise-t-elle, Diadia sonne le branle-bas de combat, sans barguigner, avec une énergie désespérée.

Rien ne doit rester abandonné dans la grande cour. La maison devient l'arche devant le déluge, havre de paix dans la guerre, salut après la fuite, refuge dans la tourmente. Mobilisation générale ! Mes tantes et mon oncle sont lancés dans toutes les directions pour sauver le bazar dehors : nattes, bancs, tabourets, mortier et pilon, braseros, théière, marmites, bols, linge, provisions du marché, fagots et charbon de bois, balais, etc. La véranda s'engrosse de tout un fourbi. Mon oncle Moussa recouvre le puits d'une tôle pour le préserver d'éventuelles impuretés ; les moutons et les chèvres paniqués ne se font pas prier pour rejoindre leur enclos ; les poules disparaissent dans le poulailler. Devant cette euphorie soudaine et coordonnée de tous, je me hâte de ranger mes seuls jeux de capsules *Gazelle* éparpillées sur le grand perron de Diadia.

Pour mieux se protéger de la foudre, Diadia masque tout ce qui brille, luit, reflète : miroirs, bols et couvercles en aluminium, vaisselle, absolument tout… elle drape la véranda tout comme les lits à l'intérieur des chambres de couleurs sombres afin de mieux les engloutir avec elle dans l'obscurité de son âme.

La cour déserte attend le fouet de l'orage. Les chambres sont ensevelies dans une parade de cimetière. La véranda semble un navire chargé à ras bord, une arche surchargée, comme ces voitures de venant ou ces carrioles de l'exode… Quel inventaire ! Quel capharnaüm !

Le vent cesse d'un seul coup, un silence immobile semble suspendu, fragile, inquiétant, dans une odeur d'ozone.

Les premières gouttes tombent, isolées comme une avant-garde. On les entend, grosses, lourdes, qui viennent s'écraser dans la poussière où elles creusent de petits cratères. Très vite, les suivantes les rejoignent de plus en plus nombreuses, leur rythme s'emballe, devient frénétique, elles tapent sur les tôles du toit au point qu'on ne s'entend plus parler, soudain un éclair déchire le noir, puis une déflagration terrible secoue jusqu'aux murs, le tonnerre éclate, le sol tremble, nos ombres sursautent.

À l'abri dans la véranda, à mesure que la nuit s'avance, accompagnée de cet orage, de l'intérieur comme de l'extérieur, nous sommes plongés dans l'obscur décor.

Diadia éteint toutes les lampes tempêtes à cause de la lumière qu'elles génèrent dans les chambres. Elle ne veut pas défier les éclairs et le tonnerre qui assiègent le village. Seule sa lampe torche est épargnée.

Mes tantes et mon oncle chuchotent et claquent les doigts pour communiquer. Ça gazouille de plus en plus fort dans le noir, sous le nez de Diadia qui s'agace ; elle exige le silence autour d'elle. L'orage la rend hystérique. Mes tantes sont déconcertées. Elles n'osent défier leur mère.

Chut ! silence ! il pleut, vous voyez, rappelle Diadia encore.

Avec ce silence pesant et une véranda qui peine à respirer, Diadia s'étouffe, elle renvoie ses filles dans leur chambre en leur torchant le chemin. Un ordre bien donné. Voilà qui est rassurant pour elle ! Plus de bruit à présent sous son nez. Seul le bourdonnement des gouttes d'eau sur nos toits zingués prévaut maintenant.

À ses pieds où je me trouve souvent, elle m'interpelle timidement :

— Ça tape fort sur le zinc, hein !

— J'ai peur !

— Je sais, la pluie s'arrêtera bientôt, viens ! je vais nous préparer le lit.

Dans la chambre, sur le côté du pied du lit, Diadia constate une partie du drap mouillé. Allez hop ! un coup de torche au plafond : « ça suinte ici, vois-tu ? surtout pas sur le lit encore, on ne pourrait pas dormir avec ça » s'inquiète-t-elle. J'entends toc, toc, toc… Elle inspecte toute la chambre à la recherche des traces de fuites d'eau. Au lieu des petites corbeilles peu stables, elle place des bols en plastique colorés un peu partout pour recueillir les éventuelles fuites d'eau, un peu comme les repas à la place du village à l'occasion des importantes rencontres sous le grand baobab.

Après cela, elle barricade sa petite fenêtre de bois et de tôle. Enfin rassurée, elle me prie de me coucher de ce côté du lit resté intact. Elle ne tarde pas à me rejoindre, le bol coincé entre ses pieds ; elle le videra à mesure que la pluie persiste.

Pendant l'averse, il n'y a plus d'heure de coucher définie et Diadia ne dort presque jamais. La pétarade sur le toit, les éclairs, le tonnerre la maintiennent éveillée. Je l'entends psalmodier *soubhanallah*, *soubhanallah*, *soubhanallah* ! Ces douces prières me bercent et m'accompagnent vers un sommeil profond.

En temps normal, après la dernière pluie, chaque matin à l'aube, Diadia se réveille en premier. Elle sort du grand bâtiment pour constater d'éventuels dégâts causés par l'orage. Je suis toujours présent à ses côtés, son pas, mon pas. Nous sommes plus matinaux que quiconque à la maison.

Dès les premiers chants de coq, Diadia saute du lit. Elle tâte ses sandales disparues sous le lit au gré de la nuit. Je la rejoins au pied de la grande porte du bâtiment. J'oublie mes chaussures :

— Remets tes chaussures !

— Je ne sais pas où elles sont.

J'aime sentir la terre fraîche sous mes pieds au petit matin après une pluie battante, cela me frissonne.

Ainsi, la porte grandement ouverte, l'air frais du matin nous prend le corps. Nous frémissons. Diadia ne sort pas de suite. Elle prend un pot posé sur le canari de la véranda situé à sa gauche, se sert un peu d'eau, juste ce qu'il faut, ramène le pot à sa bouche et fait bouger ses lèvres. Par un mouvement discret de la joue, des lèvres et de la langue, un peu comme un brin de cheveu qu'on essaierait de botter hors de sa bouche, crache dans le pot par trois fois de suite. Une formule incantatoire ou de prière que je n'entends ni ne comprends. Sans doute bénit-elle l'eau en versant son contenu devant elle, sous scs pieds, au seuil de la porte. À nouveau, seul le mouvement de ses lèvres se distingue quand elle franchit enfin cette porte. Pendant ce rituel matinal, Diadia ne me parle pas. Elle poursuit l'opération à l'entrée principale de la maison. En faisant cela, elle s'ouvre peut-être au monde et le monde s'ouvre à elle comme une entrée dans sa propre lumière.

Ceci étant, nous honorons ensemble les premiers chants de coq. Nos pas s'accordent, l'un sur l'autre. Les pourtours de la maison sont inspectés à la recherche d'éventuelles intrusions de la dernière nuit. Parfois, chiens, moutons, chèvres, vaches, s'échappent inopinément et s'introduisent chez nous. Ils piétinent, désherbent à l'arrière-cour nos jeunes plantes : maïs, gombo, patates douces, piments, etc. Il arrive que ce ne soit pas simplement le fait des animaux… Nous finissons notre inspection vers les poulaillers des volailles qui sont délivrées de leurs cachots. C'est le moment que je déteste le plus car les poules chient dès qu'elles sortent en plein air sous notre nez avant même que Diadia finisse le compte. Et après, cap vers l'enclos des moutons et chèvres que nous comptons à vue d'œil. Ils seront délivrés après le lever du soleil. Tout semble encore normal ce matin, constatons-nous. Nous n'avons pas eu de visiteurs sans scrupule…

C'était comme cela notre tradition matinale.

Ce matin-là, au réveil de lendemain de pluie, rien n'était comme d'habitude. Quelqu'un ouvre la grande porte avant Diadia, maîtresse des lieux. Qui ose défier l'aurore matinale avant elle ? C'est presque commettre un crime !

Pourtant, malgré le sacrilège du rituel manqué, Diadia ne semble pas inquiète, ni pressée de se lever. Elle ne dort pas :

— Il fait jour maintenant Diadia, quelqu'un a ouvert la porte, tu entends, qui c'est ?

— Ce n'est rien, recouche-toi ici, à mes côtés !

Je comprends que Diadia me cache quelque chose. Elle ne veut rien me dire. Son ton hésitant, perplexe, n'augure rien de rassurant ; elle s'efforce de rester encore au lit alors que son ombre refait le tour de la maison, en notre absence. De mon côté, un moment, j'ai pensé qu'elle souffrait de quelque chose, un mal de tête par exemple qui l'empêchait quelquefois de se lever tôt. Nous culpabilisions presque de cette peine qui la maintenait au lit.

Allongé à ses côtés, sans savoir pourquoi nous ne pouvons quitter le lit, Diadia reste silencieuse, méditative, encore plus que d'habitude. Trahit-elle aujourd'hui cette intimité que nous nous offrions tous les deux ?

J'en conclus qu'aujourd'hui sera un jour pas comme les autres. La dure journée qui guette Diadia au quotidien ne semble ni la gagner ni la précipiter à se lever comme à l'accoutumée.

L'enchaînement inhabituel des événements éveille mon caractère suspicieux. Qui est dehors à une pareille heure ?

Dehors, j'entends le grincement des bols qu'on dégage de leurs ensevelissements. Quelques secondes plus tard, un bruit retentit dans la véranda : des bols tombent de la table de rangement. Diadia ne semble pas être gênée ni surprise. Elle ne crie pas « aux voleurs ! ». Elle est comme condamnée au silence.

Après moult trémoussements, je me résous à sortir, seul pour une fois, sans mon acolyte. Je veux savoir qui veut tuer Diadia qui ne me retient pas. Ce n'est pas son jour aujourd'hui.

Dans la cour, il y a Mariama, ma mère, qui relaie Diadia ce matin de bonne heure. C'est assez étrange de la voir seule, si tôt, debout, car c'est encore jour noir. Elle n'a pas peur malgré l'obscurité devant elle, une nappe de brume épaisse empêche la vue claire : la nuit accouche difficilement le jour.

Avec l'orage de la dernière nuit, la cour est infestée de décombres : feuilles mortes, branches cassées, saletés de toutes sortes... Au-dessus de moi, certaines feuilles du grand manguier résistent encore à l'effet du petit vent matinal. Un petit courant d'air, une toute petite fraîcheur bien alléchante, me saisit le corps, j'en frissonne. Je ressens un bien-être exquis. Mais cet effet ne dure jamais longtemps.

Ma mère m'aperçoit :

— Peux-tu demander à Diadia de me prêter sa lampe torche ?

— Oui maman !

Pour une fois, la complicité change de camp : je ferai équipe avec ma mère ce matin. La couche de brume se faufile vers l'horizon. Le jour s'accouche, par de petites poussées, de la nuit.

Lampe torche parée à la main de ma mère, nous nous frayons un chemin vers le puits, sur la pointe de nos pieds, l'un derrière l'autre. Sous nos pas, les feuilles mortes cèdent et s'enfouissent dans la boue. Nous évitons de glisser ; le sol boueux est parsemé d'obstacles. De temps en temps, ma mère se retourne pour voir si je maintiens le rang. Nous nous comprenons ainsi.

À chaque veille de pluie, les eaux ruissellent vers le puits et colorent l'eau qui prend un aspect gris foncé, presque noirâtre. Nos maisons sont proches de la zone marécageuse. Ma mère enlève la tôle de zinc couvrant le puits, remplit son seau d'eau et le filtre avec un foulard blanc. Elle me tient éloigné pendant cette opération. Car après une pluie diluvienne, tout le monde craint que la dalle du puits cède et que celui-ci nous avale, nous enfants. Après cela, nous nous dirigeons vers la cuisine. Elle commence la préparation de notre bouillie matinale, de petites boules enrobées de farine de maïs ou de mil. Elle trempe quelques pulpes de fruit du baobab dans une calebasse qui donnera un léger goût acidulé à la bouillie.

Notre cuisine est un petit coin aménagé, avec trois grandes pierres posées au sol en triangle. Ce foyer peut contenir une lourde marmite pour la préparation de nos repas quotidiens. Ma mère essaie ensuite de délier un fagot de bois humide, solidement attaché, pour faire du feu. Elle n'y arrive pas. Elle lève la tête et me voit là. J'avais anticipé, un couteau à la main. Nous échangeons encore nos regards sans un mot, difficile de dire grand-chose quand on est à moitié éveillé. Je suis un bon assistant pour Diadia remarque-t-elle, sans doute. Avec ce couteau, elle délie enfin ce fagot de bois. Entre les briques, elle bourre la case du foyer avec de la paille, remet en place quelques bois morts, frictionne une allumette, avive le feu avec un éventail et paf ! qu'elle est belle cette flamme ! belle comme l'appel du Seigneur à son serviteur Moïse. La flamme est forte, si rayonnante qu'on ne voit presque plus la marmite au-dessus des briques. Ma mère la remplit d'eau et la referme aussitôt. Enfin, elle s'occupe des bouilloires pour faire les ablutions. Elle croise Diadia au seuil de la porte qu'elle salue, accroupie. La naissance du jour finit par nous rendre Diadia.

Pendant que ma mère disparaît pour sa prière de l'aube, je m'invite aux côtés de Diadia qui à son tour pratique ses ablutions. Elle va prier dehors, sur son grand perron surélevé, et y égrène son chapelet avant d'avaler sa bouillie chaude. J'accueille ainsi cette aube naissante avec enchantement. Il y a Diadia et ma mère : le baptême peut commencer.

Quelque temps après, ma mère ressort de la chambre qu'elle partage avec ses sœurs pour observer la marmite sur le feu : « Tu ne t'en occupes plus, finis de ranger tes affaires et assure-toi de ne rien oublier » ordonne Diadia. Ma mère obéit sans un mot.

Avec la clarté totale du jour, je constate le visage sombre et chagrin de ma mère. Elle a une triste mine, durement dissimulable. On aurait dit qu'elle s'était noyée au lit avec ses larmes. Que se passe-t-il ? Elle prépare un fourneau en se servant de quelques briquettes de charbon de bois tirées sous sa marmite. Elle veut finir son repassage de la veille. Elle ne s'affole pas dans ses mouvements. Elle ne se précipite pas. Sous son air mélancolique, le temps semble s'arrêter avec ses mouvements de repassage. Ce silence m'inquiète car il est inhabituel.

Fini le repassage, ma mère, comme l'éclair de la veille, fend la cour par ses cris, elle fond en larmes littéralement et ne craint pas d'attirer tout le voisinage qui ne tarde pas à répondre à l'appel. Personne ne prend l'air étonné dans la cour. Diadia ne dit rien, de temps en temps, elle laisse apparaître sa nervosité, exhorte ma mère à se hâter pour ne pas se mettre en retard.

Surchargé d'émotion et, sans savoir le pourquoi du comment, je m'effondre à mon tour en ne contenant plus mes larmes. Il est clair que je ne suis pas concerné par les affaires des adultes. Qu'aurais-je pu faire en de pareilles circonstances pour consoler ma mère ?

Je trouve réconfort et chaleur près du feu, près de la marmite bouillonnante. Un sachet plastique contenant jadis le sucre versé dans la bouillie et avec lequel je joue près du feu s'enflamme, je me brûle à la main et une coulée de lave du plastique laisse une grosse marque de brûlure sur ma jambe. Diadia vient seule à mon secours.

Par mes pleurs, Bintou et Nabou sortent à leur tour de leur chambre. Nabou vide le canari du reste d'eau de la veille dans la véranda. Elle le remplit avec l'eau du puits toujours avec un foulard filtrant. Elle fait d'interminables allers-retours avec un petit seau. Bintou, elle, prend le relais dans la cuisine sous le commandement de Diadia ; d'habitude de joyeuse humeur matinale dès son réveil, malgré la corvée qui l'attend, elle entonne toujours une chanson, dont tout le monde se plaint. Mais aujourd'hui, elle reste bien silencieuse. Sont-elles toutes solidaires de leur grande sœur à la peine du jour ?

Après dix heures, une voiture se gare devant notre maison. Je n'en avais jamais vu avant devant chez nous, ni de si près. En général, les voitures n'empruntent cette piste que lorsque la route principale est fermée ou impraticable en cas de grosses pluies ; les chauffeurs trouvent là un raccourci pour rallier la grande ville de Gara. Jusque-là, nous sommes habitués à voir de près de gros camions-bennes qui refont la seule piste en latérite qui coupe Kané en deux et rallie le village de Saré Bourran. Nos maisons et nos jardins rougissent de poussières à leurs passages.

Nabou et Bintou se hâtent au portail. Diadia, toujours mystérieuse, disparaît dans sa chambre.

En pleurs, ma mère sort timidement de sa chambre avec deux grosses valises. Elle s'est tout de même habillée majestueusement pour l'occasion. Bintou l'apercevant, l'aide à les transporter dans le coffre de la voiture qui l'attendait. On ne se soucie plus de ma brûlure à la jambe !

Les invitées d'hier de maman sont présentes et tiennent à assister à son départ. Sont-elles envieuses ou jalouses ?

Bintou et Nabou tombent à leur tour dans le chagrin car elles se mettent à fondre en larmes. Il y'a là quelque chose de sacrificiel en l'air : maman est coupable de quelque chose.

Barra est au pied de sa mère et s'accroche solidement à son pagne. Je m'agrippe aussi fermement à la jambe de ma mère. Je la serre si fort contre moi qu'elle peine à avancer. Elle ne peut ni ne doit partir sans moi.

Avec l'aide de Bintou qui essaie de me dégager, je comprends enfin que je ne suis point convié à ce destin qui nous lie, la séparation est actée, la sentence semble irréversible : je resterai seul.

En me débattant fortement dans les bras de Bintou, je rejoins maman dans le siège arrière de la voiture. Elle ne peut résister à me prendre dans ses bras. Nous nous comprenons enfin !

Cette scène dure quelques minutes et le chauffeur s'impatiente. Il sort de sa voiture et demande de l'aide pour qu'on m'extirpe de sa voiture. Je ne suis pas dans les plans du voyage. Devant l'assistance, personne ne s'exécute. Qui enlèverait un fils à sa mère ? Tendrement installé dans les bras sécurisants de ma mère, une vieille aigrie, la petite sœur de Diadia, Mama Anta me tire hors de la voiture en refermant la portière précipitamment. La voiture démarre et s'en va à vive allure avec ma mère comme otage consentant. Mama Anta s'attitre ainsi championne de l'arrache-cœur, la méchanceté à l'état pur. Je la mords comme un chien enragé. En m'échappant, je cours en direction de la voiture déjà au loin et l'entends s'éloigner sur la piste crasseuse en latérite.

Voilà ! C'est tout. Maman est partie. Où ? Je ne sais pas.

Après ce départ précipité de ma mère, je ne suis plus un enfant comme les autres, je n'ai ni père ni mère : je suis un enfant seul.

Mon quotidien est à la fois mêlé de crispations et d'interrogations : je suis pris par le corps, de convulsions, de secousses violentes quasi-permanentes, suivies de fortes fièvres durant toute mon enfance.

Diadia, en panique, révèle toute sa superstition face à ces crises qui me gangrènent au quotidien ; elle me pare d'eau bénite du marabout, de gris-gris ceints à la taille ou à l'avant-bras ; de temps à autre, quand elle pense avoir échoué à me remettre d'aplomb, elle culpabilise et pense que ce ne pourrait qu'être le fait de sorcières à la recherche d'orphelins sans protection ni défense : « vous le laisserez tranquille, ce petit garçon, il n'est pas seul, vous entendez, vous aurez affaire à moi s'il lui arrive quoi que ce soit », avertit-elle.

De cette période, Diadia ne dort quasiment plus la nuit. Elle veille sur moi et n'espère plus ces longues nuits de quiétude pour se consacrer à ses *nafilas*, longues prières nocturnes. Aussi, elle abandonne un temps son activité du marché. Ses clients ne sont plus prioritaires. Au fil des jours, elle déploie à pleine puissance un bouclier afin de revivifier le peu d'être et d'innocence qui me restent.

Après ces épisodes de grandes frayeurs, un semblant de normalité retrouvée, Diadia prend son nouveau rôle à cœur : elle est décidée à noyer ce sentiment d'abandon qui survit encore en moi, même inconsciemment. Dorénavant, elle voudrait devenir un rempart contre l'absurdité du monde à mon égard dont elle s'est rendue un temps complice. Avec le temps, elle reprend peu à peu sa place au marché. Je reste à la maison, en retrait de tout, en attente de ses attentions, des privilèges dont elle me gratifie. En attendant son retour le soir, je passe mes journées à placer des tapettes pour attraper les mange-mils. Plus tard, Diadia me prendra avec elle au marché. Nous formerons une bonne équipe. Elle m'initie au négoce et me donne toutes les ficelles d'un bon commerçant au marché de Kané. Selon Diadia, on est marabout ou commerçant en milieu diakhanké. Il arrive que les deux coïncident. La plupart du temps, le premier l'emporte. Être commerçant, à défaut de pouvoir être marabout à plein temps, apparaît comme une bénédiction du Seigneur.

En me nourrissant de cet héritage familial, Diadia m'intronise-t-elle ? Car le commerce était tenu par mon grand-père, Elhadj, connu sous le nom de marchand de noix de Kola. Au marché, il était très apprécié par ses clients disait Diadia. Les hommes du village préféraient ses noix car il tenait beaucoup à leur fraîcheur.

Le conditionnement de cette noix était un défi permanent dans la chaleur étouffante de Kané. Mon grand-père aménageait un grand canari posé sur un grand bol en aluminium, rempli de sable, arrosé périodiquement, sur lequel tout autour des feuilles de colatier étaient disposées pour couver les noix afin de préserver leurs saveurs et fraîcheur.

La kola porte une valeur symbolique dans beaucoup de communautés ethniques qui la partagent en guise de réconciliation, d'amitié, de bienveillance, de fête, de reconnaissance, de solidarité ou de mariage. Toutes les occasions sont bonnes pour profiter de la noix. Ce n'était pas les occasions qui manquaient d'en vendre pour mon grand-père.

En revanche, quand Elhadj s'absentait de son étal pour cause de maladie, mes tantes ne pouvaient prendre le relais au marché : les jeunes filles en âge de materner étaient considérées impures, indisposées ; elles ne pouvaient prétendre remplacer mon grand-père au marché ; les anciens avaient toujours affaire à la prière, de l'aube jusqu'à la tombée de la nuit ; la propreté étant leur maître mot, la vente de la noix de kola était donc une affaire d'hommes.

Notre sortie de la maison pour se rendre au marché est tout aussi spectaculaire que notre entrée. Avant tout, au petit matin, Diadia prépare soigneusement sa brouette, notre moyen de transport, pour alimenter sa grande table bien placée au marché. Elle contient de l'huile de palme, de la pâte d'arachide, du poisson séché, des oignons, des sachets de kinkéliba, du tamarin, des fleurs d'hibiscus, du pain de singe ; à cela s'ajoute de produits frais : du piment vert et rouge, de l'igname, de l'aubergine, des tomates, de l'oseille, du gombo, etc., dont la plupart sont cueillis à l'arrière-cour de la maison avant le lever du soleil, juste à temps avant son départ au marché.

Nous ne sortons jamais de la maison sans avoir accompli un rituel. Diadia s'assure toujours de qui on croise en premier, heureux élu propice à nos affaires. En règle générale, elle privilégie la rencontre des petits garçons, synonyme de bonne fortune pour les affaires ; en revanche, elle fait tout pour éviter de croiser le sexe féminin. Plusieurs fois, on a rebroussé chemin en s'arrêtant net de marcher avant de faire demi-tour à la croisée d'une fillette ou d'une maman. Quand il n'y a pas de petit garçon ou un homme à l'horizon, Diadia me fait jouer le jeu : « peux-tu sortir et revenir sur tes pas mon cher ». Ainsi, je fais semblant de franchir le seuil de la porte en revenant vite sur mes pas afin que nos chemins se croisent au-devant de la porte. Mon attitude et mon enthousiasme lui plaisent.

La place du marché est un grand espace ouvert de tout bord. Il est très animé après le lever du soleil. Les kanois s'activent et désertent presque les maisons à cette heure de la journée.

Sur un côté, on distingue de petites tables marchandes installées les unes en face des autres, recouvertes chacune de toits faits de pailles tissées pour se protéger du soleil et du nid des mange-mils au-dessus des fromagers ; sur l'autre, les étals des poissonniers et des bouchers sont envahis de grosses mouches vertes. On distingue à peine les tas de poissons et de viandes. Les marchands s'arment de chasse-mouches pour se défendre. Tout autour d'eux, chiens et chats s'agitent comme des vautours pour dégager le marché de ses charognes. À cela s'ajoute, les petits marchands de friperie, de beignets, d'*accras*, des vendeurs occasionnels de fruits de saison comme du *koutoufing*, *tomborong*, *saaba*, et bien d'autres, inondent le marché. Certaines vendeuses installent des nattes ou des sacs de riz vides plissés et découpés à la forme et qui leur servent d'étals.

L'entrée de Diadia, dans la grande liesse populaire du marché, attire l'attention car nous réservons toujours beaucoup de surprises aux clientes dans notre brouette bien recouverte. Mon moment favori reste celui où nous constatons, Diadia et moi, après la mise en placc, une table bien garnie de provisions pour les kanois. Ainsi, nous accueillons gracieusement les premières clientes. La bonne humeur, la plaisanterie de cousinage constituent la force d'un bon commerçant à Kané. Diadia est adepte de ces bavardages sans fin, l'occasion de parler de tout et de rien à n'en plus à finir. Je suis alors admiratif, fier d'elle, de cette place qu'elle tient au marché.

Ce lieu est pour moi celui de l'apprentissage. J'apprends là à compter, converser, négocier prétentieusement, à la rendre la monnaie, jalousement ;

j'hésite quelquefois pour ne pas me tromper en prenant tout mon temps ; je compte et recompte encore ces sous dans la paume de ma main pour être sûr de ne rien donner ou rendre en trop. On me le fait remarquer, novice que je suis, chaque fois mais Diadia me fait entièrement confiance. Notre table ne désemplit qu'après le plein soleil, vers midi passé.

Le soleil est l'indicateur le plus déterminant dans la conscience des kanois. De son apparition jusqu'à sa pleine puissance : on est soit en avance, soit en retard au marché.

Je me bonifie de ma complicité avec Diadia, au point que, quelquefois, et plus tard dans la durée, moi seul décide, tout puissant, du plat de nos repas quotidiens pour toute la famille. J'abandonne quelquefois mon poste auprès de Diadia après cette heure de la journée. L'envie de me soulager le ventre me conduit à la maison. D'habitude, on emprunte les toilettes des maisons avoisinantes qui restent toujours ouvertes aux passants. Je tiens beaucoup à ma nudité. C'est aussi trop donner de répit à mes tantes qui détestent satisfaire mes vilains caprices. J'exige d'elles qu'elles me lavent les fesses sous le regard de Diadia à qui elles n'osent pas désobéir.

À la maison, mes tantes s'affairent aussi dans les corvées, tout près de la cuisine. À ma vue, elles comprennent l'envie qui m'amène.

— Ne penses-tu pas utiliser les toilettes autour de toi au marché ? rouspète Nabou de suite.

Je ne réponds pas de peur d'aiguiser plus encore son mécontentement avec le risque de déambuler le cul sale en attendant le retour de Diadia du marché.

Diadia finit par prendre une place considérable dans ma vie au point où je finis par l'appeler *N'na*, « maman », à la surprise générale de mes tantes qui s'étonnent de me voir changer de mère :

— Tu l'appelles maintenant *N'na* ? questionne Nabou.

Dois-je m'inquiéter de ne pas comprendre son étonnement ? J'ignore de quoi elle parle. Je n'ai plus de souvenirs. Mariama rentre ainsi, définitivement, dans le cercle des oubliés. Son visage si clair et rayonnant par lequel elle se distinguait de ses sœurs ne luit plus dans le sillage profond de ma mémoire.

Mes souvenirs restent voilés. C'est l'obscurité. Je suis maintenant celui qui n'attend rien en retour d'une personne disparue.

Le monde de ma mère est celui des oubliés. Les absents sont ce qu'ils sont, ils ne sont plus là.

Danse Barra ! Non ! Saute ! Saute comme une sauterelle ! Voilà un crapaud sous tes pieds ! Ne le tue pas. S'il te plaît ! Laisse-le partir. Il ne nous a rien fait. Si tu le tues, nous ne l'entendrons plus chanter, ni ce soir ni demain soir.

Dans cette rivière, les crapauds coassent beaucoup — coa, coa, coa — surtout le soir. Nous sommes impressionnés par cette cavatine. Nous pêchons au milieu des crapauds qui défendent jalousement leur territoire. Ils sonnent de leurs coassements assourdissants. Quand nous nous agitons trop bruyamment, ils finissent par se taire. Nous dérangeons leurs amours. En journée, on ne les entend pas car ils se mettent en retrait, à l'ombre, ou alors dans les maisons, sous le silence des canaris quand le soleil fait loi. Après la tombée de la nuit, ils nous foutent en rogne par leurs coassements. Ils nous arrachent à nos sommeils inachevés. Précieux sommeil qu'on ne rattrapera plus et qui allège le jour !

La piste en latérite qui relie Kané et Saré Bourran délimite deux univers : celui de la rivière des crapauds d'un côté ; celui des rizières de l'autre. En deux endroits sous la piste, des fûts métalliques couchés, sans fond ni couvercle, permettent la circulation de l'eau. La saison des pluies nous ramène près de cette rivière où la vie foisonne, tout revit : colonie de crapauds, grenouilles, moineaux, colibris, marabouts, tortues, vers, coquillages, fourmis, sauterelles, papillons, mille-pattes, chenilles, mange-mils, etc. Certains oiseaux grimpent le long des troncs d'arbres et font craquer les écorces. Ça sonne encore comme une chanson dans ma mémoire.

Les habitants de Kané et Saré Bourran profitent des bas-fonds de part et d'autre de la piste pour des cultures vivrières. La grande récolte des champs d'arachide, de mil ou de maïs, est encore loin.

En plus de son commerce, Diadia cultive ici sa parcelle dans la rizière avec d'autres grands-mères. Diabou, la grand-mère de Barra, est aussi présente.

Sur la piste avec Barra, nous voyons nos grands-mères, la tête protégée par une calebasse, braves et fortes, elles se mettent en rang, adoptent un rythme cadencé et entonnent une chanson. Elles semblent danser sur les plants de riz. Au loin, un petit vent ramène leur chant tout près de la piste d'où nous les entendons.

Ici, les plants de riz poussent à longueur égale. La veille, quand une pluie diluvienne s'abat, on en trouve de grandes surfaces versées. Avec nos *tics-tics*, nous tentons de les relever de la boue, à les rendre dignes de leur élégance d'antan. Nous avons peur d'être accusés de ce forfait — de petits sorciers en gestation —, car la rumeur se répand vite et jette le discrédit. Même les plus jeunes la craignent. Les quelques plants redressés ne tiennent jamais longtemps. Il ne reste qu'à attendre qu'ils reprennent leur allure naturelle sous le fort soleil de la mi-journée.

En période de fortes pluies, la rivière entre en crue. Elle sort de son lit et le déborde. L'eau stagne au niveau des fûts. Elle atteint la piste puis la submerge. Enclavé, Saré Bourran est pris au piège. La vie quotidienne de ses habitants est paralysée. Ils hésitent à traverser la zone inondée pour se rendre à Kané. Seuls les hommes s'y prêtent. Des veuves aussi. Rien n'est sûr. Les repères ont disparu. Les villageois soulèvent alors leurs vélos au-dessus de leur tête. La présence de leur machette coincée dans le cadre les rassure. Les plus timorés la garde à la ceinture pour parer d'éventuelles menaces. Des animaux aquatiques ne se montrent qu'en période de grande inondation. Habituellement cantonnés au lit de la rivière ou à ses berges, ces animaux dangereux, des reptiles notamment, des crocodiles, paraît-il, pointeraient leurs museaux jusque sur la route pour y trouver tout amuse-gueule. Avec Barra, nous ne croyons pas trop à ces fables. Nous soupçonnons les adultes de vouloir nous apeurer en nous incitant à la prudence.

De petits poissons se prennent au piège de flaques d'eau remplies lors de la crue, puis isolées lors d'une décrue passagère sous la chaleur du soleil. Les flaques finissent par s'assécher. Ils se débattent hors de l'eau sur la latérite de la piste. Nous sommes contents d'assister à cette scène inédite. C'est surtout des alevins ou des juvéniles, encore vivants. J'ai peur de les attraper à la main. Même petits, je redoute leurs écailles, leur épine dorsale. Barra, lui, enlève tout de suite son t-shirt, quand il en a, pour les regrouper. De retour à la maison, il les balance comme ragoût aux chiens et surtout aux chats qui les apprécient plus.

La rivière et la rizière sont proches des habitations, encore plus à Kané que Saré Bourran. Du côté des deux villages, les jardins qui environnent les habitations les dérobent à la vue. Au-dessus des clôtures dépassent les feuillages denses des manguiers, des bananiers, les panaches aériens des palmiers à huile, les feuilles vernissées des orangers et des citronniers. Un air frais, doux ondoie les plants de riz. Un lieu magique ! Nous le prisons loin de la chaleur accablante du centre. Avec Barra sur la piste, nous sommes pieds nus, derrière nos grands-mères qui se rendent à la rizière car nous aimons cela. On se souvient encore de nos chaussures en plastique. Nous ne les mettons que contraint.

Avec nos pieds déchaussés, nous dominons la terre battue du bitume argileux de la piste à l'aller comme au retour.

De la rizière, je rentre avec des pieds écailleux de rouge bitume ; la boue colle à mes pieds ; tous sales qu'ils sont, ma tante Bintou, horrifiée, se hâte de les laver avant le retour de Diadia au marché ou alors à la rizière : « pieds propres ! pieds propres ! » qu'elle me répète.

Parmi nous, présents sur la piste, personne ne porte de chaussures. Ici, seuls les aînés en mettent ; ceux qui partent à l'école. Nous les voyons emprunter la piste en *tics-tics* comme de vrais adultes. On exige d'eux la prestance dans les pieds ; qu'ils soient soignés et éduqués ; le minimum pour un écolier. En revanche, pas d'injonction sur leurs haillons. Ils se démarquent bien de nous.

Nous, bientôt, nous fourrerons nos têtes dans les enclos de nos bêtes pour les ramener brouter vers la rizière. Avec Barra, c'est clair que nous préférons la saison des pluies, celle-là qui nous conduit toujours au milieu de la piste. C'est là que tout se passe.

La pluie est une bénédiction, un don du ciel, nous dit Diadia. Elle organise et libère le quotidien des Kanois. Ici, l'attente des premières pluies est particulièrement angoissante et quand il y a retard une psychose généralisée s'installe. Les inquiétudes apparaissent au fil des jours et nouent les gorges déjà bien serrées à cause de la chaleur et de la soudure.

Dans le même temps, Barra et moi avons d'autres préoccupations : sur le grand perron brûlant de la maison de Diadia, dans la grande cour, nous tartinons nos corps au dur soleil de midi en jouant avec nos collections de capsules de Coca Cola, de Fanta ou de Gazelle, ramassées à la *Société nationale de distribution*, un grand bâtiment, non loin du marché. À quatre pattes, nos genoux se frottent au dur ciment chauffant. Ils s'y noircissent, s'endurcissent davantage au contact de la dalle. Nous traînons nos capsules avec nos doigts d'une case à une autre pour marquer des buts, un jeu non pas des pieds mais avec nos doigts.

Nous avons tout de même plus de chance que les adultes en période de forte canicule. À côté du puits, nous nous foutons à poil. Nous habitons la baignoire en plastique remplie par Diadia. D'une petite calebasse, elle arrose nos têtes. Nous dansons nus. Dieu est alors enfant ! L'après-midi, les nattes se lassent et se délassent sous le poids des corps dégoulinants de sueur dans la véranda ou sous les manguiers. Tout l'aspect du climat prend forme du réveil au coucher du soleil. L'idée même de repos s'effrite. Pas de sieste paisible. Transpiration et encens se concurrencent dans les chambres déjà mal aérées. On habite la fournaise. Rien à faire ! Sinon la danse des éventails ! Qui ne les aime pas en cette période ? Chacun pour sa face. Sous les manguiers, j'aime assister à leur danse.

Dehors, le village suffoque. Tout semble rétrécir au gré du plein soleil. Les provisions en vivres s'amenuisent de plus en plus sous l'inquiétude grandissante des pères et mères de famille. Les greniers s'impatientent d'emmagasiner de nouveaux sacs pleins de céréales. La tension monte aux yeux des anciens du village. Il faut réagir et vite. On procède alors à des sacrifices. Tout le monde est concerné et mobilisé. Les anciens se regroupent et procèdent à des prières tard dans les mosquées. Ils égrènent leur chapelet partout où on les aperçoit, tout le long de la journée. Dans les maisons, les femmes s'adonnent à des sacrifices. Le sang, totem de tout sacrifice, doit couler — les plus inquiets et aisés tuent un bélier ou un bouc — car le rouge vif est apprécié des esprits. Les femmes de leur côté préparent des boules de maïs enrobées plus grandes et sucrées. Nous, enfants, corps innocents, mangeons en premier ce sacrifice. Les boules sont mises ensuite dans des vanneries, déposées ensuite devant chaque devanture de maison, près du grand portail après le crépuscule. La porte d'entrée, là où tout le monde passe, c'est par là qu'il faut démarcher auprès des génies — ces esprits invisibles — pour faire appel à leur générosité. À l'intérieur des vans, les boules sont entreposées souvent en forme circulaire plus un œuf au centre avec de la kola blanche et rouge. Le tour est joué. Les *Diolas*, eux, formulent secrètement des incantations de toutes natures et de toutes sortes. Ils convoquent les esprits qui doivent dénouer cette longue attente. Ils ont une réputation en la matière.

Après d'interminables sacrifices, les habitants se replient chez eux. Seuls les anciens s'aventurent dehors. Barra et moi sommes interdits de sortie à certaines heures de la journée ; l'après-midi, quand les rayons du soleil s'intensifient, et en fin de journée, au crépuscule, quand l'obscurité se forme et s'agrandit. Nous nous ennuyons de cette attente. On nous évite de faire mauvaises rencontres. Rien n'est sûr à pareille heure dehors. Des génies — ces mêmes esprits, paraît-il — sillonnent le village paisiblement pour répondre à l'appel des Kanois et à leurs sacrifices. Il ne faut surtout pas l'ombre d'un petit garçon à l'extérieur ; de peur d'être sacrifié à son tour.

Le matin, à notre réveil, les vans et les boules enrobées de la veille sont foulés au pied. Des visiteurs inconnus ? Sans doute. Des chiens errants, peut-être ? Nous remarquons les traces laissées derrière eux. Sur la principale piste en latérite, nous trouvons des œufs posés avec quelques noix de kola sur notre passage. Je ne les touche pas. Barra s'avance : non ! surtout pas ! Ne t'approche pas, Diadia interdit de toucher aux œufs. Nous ne devons pas les écraser volontairement. Diadia dit qu'on pourrait perdre l'usage de nos pieds en les foulant.

Quelques semaines plus tard, après que les espoirs se sont tus, les efforts vains ou presque, survient alors le dénouement.

Le déluge est là. Il se présente sous sa forme la plus acerbe, la plus cruelle. Une pluie diluvienne s'abat alors sur le village causant d'importants dégâts. Les clôtures en bambou des maisons se plient, craquent sous l'effet de vents violents ; les poteaux qui les retiennent s'inclinent et cèdent à cause de la tempête. Rien ne semble les retenir. Parfois, ils sortent, arrachés complètement de leur trou. Les toitures en tôle s'envolent et se retrouvent à l'arrière-cour des maisons. Aucun clou ne semble résister. Les cases en paille décoiffées perdent leur allure naturelle. Les manguiers salissent les grandes cours de feuilles et de branches cassées. Certaines dalles des puits cèdent. Beaucoup de maisons tombent en ruine en un court instant et semblent à l'abandon.

Après la pluie, ce n'est jamais le beau temps, mais la corvée qui attend les Kanois. Les plus chanceux, ceux qui sont épargnés, viennent en aide aux victimes. Des visites groupées sont conduites dans le voisinage. On s'informe. On aide au cas échéant. Des chaînes de solidarités s'organisent. Chacun fait part de son soutien. Diadia est encore épargnée. Elle avait pris toutes les précautions comme d'habitude. Certains regards apparaissent coupables — les sacrifices ont apporté la pluie et les dégâts — et voient là le signe d'une impiété et d'une sanction du Seigneur.

Après la délivrance, place aux champs, les terres arrosées et humides sont maintenant cultivables. Les charrues sont préparées, prêtées, pour labourer les sols. Certains ont pris de l'avance malgré l'aridité des sols en affrétant un cheval.

Au marché, c'est aussi la fête des artisans : houes, piques, pelles, brouettes, dabas, râteaux, fusent à tous les prix. On les sent se réjouir car ils font l'objet de toutes les convoitises en cette période.

Avec cet hivernage, on assiste à l'arrivée des saisonniers venus de la sous-région, des villages frontaliers avec la Guinée, la Gambie et d'autres du Mali pour aider dans les travaux champêtres. Leur présence marque réellement la vie champêtre à Kané. Ils sont nombreux à sillonner le village à la recherche d'un hôte. Ils arrivent en groupe, entre amis ou par ethnie. Les Kanois leur offrent une grande hospitalité. Ils s'installent et vivent dans les maisons de leur hôte jusqu'à la fin de la saison. Ils ne s'isolent jamais et participent activement à la vie quotidienne.

Il y a plus de manifestations à cette période que le reste de l'année. Quelques animations s'improvisent : des séances de luttes traditionnelles entre eux et certains lutteurs du village s'organisent ; des concerts à leur honneur ; des matches de football entre saisonniers ou Kanois, amorçant la pleine ouverture de la saison hivernale.

Diadia accueille souvent quelques saisonniers chez elle en leur attribuant une chambre qu'ils partagent. En leur présence, elle profite bien de sa grande parcelle à l'arrière-cour de sa maison. Elle y cultive piments rouge et vert, maïs, aubergines, patates douces, ignames et feuilles d'oseille qu'elle vendra plus tard à son étal au marché.

Avec Barra, nous sommes plus intéressés par notre retour sur la piste en latérite. C'est là que nous serons utiles avec nos bêtes : nous jouerons aux petits bergers, à côté des plants de riz.

Diadia élève des moutons et des chèvres. Elle a aussi dans sa cour deux poulaillers. Il n'y a pas de canards. C'est bien ! Je ne les aime pas. Ils ne chient pas que peu et partout. Ils ne se gênent pas, ces vieilles canailles.

Diabou possède des bêtes aussi, plus que Diadia. C'est une Peulh, une de vrai. En plus de ses moutons et de chèvres, elle a un troupeau de vaches plus qu'impressionnant sans compter ses chiens et chats qui vivent dans sa demeure.

Il s'agit principalement de brebis avec leurs petits qu'on nous confie et de chèvres. Ils sont plus faciles à surveiller, pensent nos grands-mères.

Depuis la piste, nous les surveillons aux abords de la rizière en évitant toutefois qu'elles réduisent en foin les plants de riz. Quand elles se salissent, nous les lavons là, une par une, à la rivière d'à côté. Ce n'est pas à proprement parler un jeu. C'est vrai ! C'est une tâche bien fastidieuse. Ce n'est pas non plus quelque chose que nous pensons tout naturellement à faire pour nous-mêmes. Nous sommes peu préoccupés par notre crasse. Nous traînons en haillons. Nous n'avons pas de miroir. Néanmoins, pour nos bêtes, nous prenons plaisir à bien les savonner, à faire mousser leur toison de laine qui accroche si facilement les saletés. Nous préférons les bêtes dont la laine est sombre, car elle dissimule plus facilement les souillures ; celles dont la laine est plus claire prennent beaucoup plus de temps à laver. Les brebis ne sont jamais concernées. La saleté glisse sur leurs pelages. Elles présentent toujours l'air propre et le poil luisant. Nous aimons alors les contempler fièrement car un troupeau est toujours à l'image du berger. Les bêtes doivent être propres et le ventre plein le soir avant l'enclos. Je m'étonne toujours de les voir ruminer au petit matin.

Il n'y a pas mieux pour nous que d'être ici, loin de tout, de la fureur du centre, sans l'ombre d'un adulte, pieds nus sur le rouge bitume, tee-shirt ceint à la taille. Nous marquons pleinement notre présence par des chants : nous imitons les cris des oiseaux qui nous survolent. Nous sommes libres et maîtres à bord avec nos bêtes.

Quelquefois, à tour de rôle, nous montons la garde pour satisfaire nos besoins naturels, dans la plus grande clandestinité. Pour passer le temps, nous jouons avec nos lance-pierres, au jet de cailloux : qui lancera le plus loin possible. On n'est jamais sûr du gagnant… Nous visons les « oiseaux querelleurs » perchés dans les arbres proches où ils écorchent bruyamment les troncs d'arbres. Nous embêtons aussi les marabouts qui adorent les plants de riz, les pique-bœufs exhibés royalement sur le dos des vaches.

Quand les petits bergers rentrent, après le coucher du soleil, les mères sont occupées à piler le mil pour le repas du soir et du lendemain matin ; les pères rentrent tard de leurs ateliers ; les petits bergers sont accueillis par leur grand-mère qui les traite en héros.

Parfois, Diadia passe tout près de moi sans me féliciter de ma journée avec les bêtes. Le dépit accapare mon visage et se voit drôlement. Elle comprend alors et m'invite à m'asseoir là, à ses côtés, pour discuter de mes prouesses. En me félicitant, elle ajoute la note héroïque qui manque à ma journée. La nuit en devient encore plus belle ; elle prend le dessus sur tout, grosse d'un jour à venir

Je n'étais pas né quand mes parents se sont séparés. Mariama, enceinte de moi, rentre chez ses parents, Elhadj et Diadia à Kané, non loin de Gara, lieu de résidence de mon père, Madou, et de mon frère, Ibou.

Mon père garde mon frère auprès de lui et me laisse repartir avec ma mère dans son ventre.

Un mois avant ma naissance, mon grand-père, Elhadj, décède. Ses funérailles sont suivies de cérémonies du septième, puis du quarantième jour. Ma naissance se situe quelques jours avant cette dernière.

En général, le père décide du prénom de l'enfant. En son absence, ma mère, jusqu'à mes quatre ans, avant son départ, et Diadia ensuite, prennent l'habitude de m'appeler Elhadj. En me nommant comme son défunt père, ma mère perpétue la tradition qui revivifie la figure du grand-parent à travers un petit-fils. Elle comble ainsi le vide laissé par la disparition du défunt. À ce titre, d'aucuns ne manquent pas, par ironie certes, de voir certains traits de ressemblance entre mon grand-père et moi.

L'année de mes sept ans, marque le début d'une nouvelle page de mon enfance. Une enfance teintée par l'apparition soudaine d'un père méconnu, absent de ma petite enfance.

En tant que garçon, mon père tient à ma scolarité. Une semaine avant la rentrée scolaire de cette même année, très tôt le matin, Diadia reçoit la visite de Satou, ma grand-mère paternelle. Je ne la connais pas. Dodelinant par-ci par-là, comme un canard boiteux, elle traîne difficilement sa carapace jusqu'au seuil de notre maison. La requête de mon père, raison de sa visite, semble lourde à traîner jusqu'à Kané. Diadia la reconnaît mais ne s'attendait pas à sa venue dans sa demeure de sitôt. Elle feint l'air surpris. Un fin brouillard se fait témoin, celui d'un mauvais présage.

Cette soudaine apparition non consentie agace Diadia au plus haut point. Je crois qu'elle n'aime guère Satou. Cette visite la désoblige. Mais une courtoisie familiale s'invite naturellement chez elle. Elle accueille ainsi Satou avec les salutations de base sur une natte posée au perron de la grande cour sans l'ombre d'un malentendu.

Je viens à ce moment-là aux côtés de Diadia. Elle m'ignore un instant, mais très rapidement, elle m'exhorte d'aller avaler ma bouillie encore chaude. Elles doivent s'entretenir entre adultes. À ce propos, Diadia ouvre grandement ses yeux comme pour m'intimider. Je comprends qu'elle ne consent pas à ma présence à ses côtés.

Après le départ de Satou, Diadia demeure contrariée. Elle disparaît dans sa chambre et cherche en vain quelque chose dont elle ignore l'existence. Je la rejoins. Assise sur son lit, pensive, je m'approche d'elle ; elle me prend dans ses bras sans dire un mot. Elle me caresse le dos en silence. J'ai le sentiment qu'elle repousse sa détresse, retient ses larmes à propos de la mauvaise nouvelle que lui apporte Satou. Une heure plus tard, elle s'étonne d'être en retard du marché. Elle prépare sa marchandise dans sa brouette. Prêts, nous partons ensemble.

De cette visite, Diadia avait pris un engagement auprès de Satou. Elle tient à me garder auprès d'elle : soit elle réussit à suivre ma scolarité de façon continue et je reste avec elle, soit elle échoue et le vieux reprend son droit le plus légitime.

À cette époque, je ne peux évaluer la valeur de cet engagement de Diadia auprès de Satou ou de mon père. Je me souviens encore des propos de Diadia la veille de cette rentrée scolaire : « tu es en âge d'aller à l'école. C'est ton heure, Elhadj, tu verras, tu ne seras pas seul à l'école, il y a plein de petits camarades. Ça va être bien pour toi », conclut-elle. C'est tout ce qu'elle juge nécessaire de me dire. Elle ne me fait pas part de l'existence d'un père ou d'une grand-mère autre qu'elle. Ses propos prennent une allure peu convaincante mais suffisamment sérieuse car elle adopte un ton inhabituel. Je vois dans ses yeux l'effort d'une certitude amère. Cette situation la désoblige, profondément, car Diadia ne peut me contraindre. Ça l'angoisse tout comme moi. Elle prend peur que mes crises reprennent.

Le jour de la rentrée scolaire, un peu avant huit heures, elle m'asperge d'eau bénite du marabout. Elle a besoin d'aide pour cette nouvelle quête.

En cas de remariage, les enfants issus d'une union précédente sont souvent confiés à leurs grands-mères. Cette nouvelle responsabilité renferme bien d'obligations contrariantes : si la grand-mère réussit à la survie du petit-fils jusqu'à l'âge adulte, elle aura réussi, sinon elle sera accusée de pratiques sorcières illico. Toutes les grands-mères craignent d'être accusées de ce forfait à Kané.

Diadia me donne mes fournitures scolaires : un sac artisanal tricoté, une ardoise neuve, une barre de craie et un bout d'éponge arraché à son matelas. Elle m'effraie par toutes ces solennités.

Sur le chemin de l'école, nous nous marchons dessus. Elle me prend par la main, instinctivement. Elle espère finir cette matinée au plus tôt ou alors elle serait fixée du sort qui nous attend tous les deux : une nouvelle séparation.

À hauteur des abords de l'école, j'aperçois d'autres copains de jeu. Tout le monde se hèle dans un brouhaha indescriptible. Nous sommes tous réunis pour l'occasion. Ça gueule, crie, glapit de partout. Une liesse populaire s'harmonise au fond de la grande cour bien entre-ouverte. Nous nous ravissons de nous retrouver si tôt loin de la piste en latérite.

L'école est construite sur un grand terrain ouvert au centre de Kané sans clôture de part et d'autre. On a une vue dégagée sur les habitations avoisinantes, ouvertes, elles aussi. Les salles de classe sont l'une en face de l'autre, du cours d'initiation au cours moyen deuxième année. Une autre classe est totalement isolée : c'est la nôtre. En face, il y a un dispensaire. Au centre de ce décor, la place est dédiée à un terrain de foot visible avec deux poteaux métalliques blancs à chaque extrémité. C'est ici que les *navétanes* sont célébrés.

Tout autour des salles de classe, de grands baobabs se distinguent. Leurs bras s'étendent sur les toits de certaines salles de classe. Moins impressionnants que les baobabs, des caïlcédrats et des fromagers se mêlent à la danse. Leurs feuillages couvrent en ombre la plupart des devantures des salles.

À Kané, l'ombre est la chose la mieux convoitée. Ça sert d'abri, de répit, de repos, avant d'affronter le dur soleil de midi, aux champs, aux marchés, tout comme à l'école.

Notre salle de classe, isolée, est très spéciale. Elle semble plus ancienne : le mur dénudé, lézardé, est recouvert de champignons en mousse verte. Il sent le moisi. Les bras du baobab surplombant le toit laissent apparaître un gigantesque dépotoir de feuilles mortes. Sur ces murs nettement colorés verts, remplis de mousse épaisse, on distingue les traces d'un hivernage dense. La pluie s'est abattue sur ces murs innocents toute la saison durant. Une demi-heure plus tard, j'entends le retentissement d'une grosse cloche cylindrique suspendue à un tronc d'arbre. Ce bruit occasionne une euphorie générale, une sorte de frénésie. On se précipite vers les devantures des salles. Tous les instituteurs font leurs apparitions devant la porte de leur classe. L'heure de l'initiation a sonné ; les copains sautent de joie, naïfs qu'ils sont. Cela ne m'impressionne guère. Je ne lâche pas Diadia. Je ne me précipite pas. Je prends mon temps pour comprendre ce piège qu'ils veulent refermer sur nous.

Sur le pied de notre salle de classe, grand, mince avec une voix fluette, notre instituteur procède à l'appel et nous invite à entrer avec un sourire que j'oublie aussi vite qu'il paraît. C'est l'heure ! Je sens le piège approcher. S'enchaînent les battements rapides de mon cœur, des grelottements, une sensation de froid me prend le corps.

Avec Diadia, nous avançons ensemble *doy doy* vers l'inconnu, cette entrée de classe où je soupçonne que rien ne sera plus comme avant. Diadia rentre avec moi en classe et se charge de me trouver une place sur un banc. Je suis maintenant intimidé, bien égaré, au milieu d'une foule d'enfants.

Devant nous, impatient de nous éduquer, de freiner nos ardeurs, enfants gâtés que nous sommes, l'instituteur s'emploie à équilibrer les places par-ci par-là. Après quelques arrangements essentiels et nécessaires, il précipite les accompagnateurs dehors. Je m'étonne de les voir s'exécuter. Ces derniers obéissent-ils instinctivement ou par lâcheté ? Mais Diadia, courageuse, reste à mes côtés. Un instant, je reste convaincu qu'elle restera là jusqu'à la fin des classes auquel cas, rappeler à l'ordre monsieur l'instituteur serait sa prochaine priorité.

L'instituteur s'approche de Diadia et sans détour l'enjoint à sortir de sa salle de classe dans une langue que je peine à reconnaître véritablement : tout va bien se passer ! lui assure-t-il, sans doute, il s'occupera bien de moi et je ne suis pas le seul enfant terrifié le jour de la rentrée. Diadia semble convaincue. Elle craint en revanche ma réaction, mes crises d'angoisses répétitives dont elle se rend coupable parfois quand elle s'absente une journée entière sans moi. L'instituteur insiste. Diadia finit par se retirer discrètement en me murmurant : « si tu te tiens sagement, tu trouveras ta *gazelle* à la maison ».

« Nous sommes faits comme des rats. »

En me privant de l'ombre de Diadia, en un court instant, mon chagrin se démultiplie et les larmes finissent par faire réagir l'instituteur qui sort et revient quelques minutes plus tard, accompagné d'un autre monsieur. Il s'agit du Directeur d'école du district, sans doute. Ce monsieur, non sans me consoler, avec sa longue barbe taillée au charme des dieux, ses gros yeux me fixant, me parle, je l'entends mais je ne le comprends pas. Je ne crains rien, me suis-je dit, avec Diadia dont j'espère toujours le retour. Je suis bien entraîné et me priver de Diadia une seconde fois ne sera pas mince affaire. Était-ce encore un abandon orchestré de toute pièce ?

Les instituteurs finissent par solliciter Diadia au marché qui réapparaît : « vois-tu, je n'étais pas loin ». La magie s'opérant, je retrouve un semblant de calme et de sérénité pour affronter mes détracteurs. Cette fois-ci, l'instituteur rassuré, Diadia repart vite sans hésiter.

Les moments de troubles ainsi occasionnés dans la classe poussent quelques élèves à demander la permission d'aller aux toilettes. Il se passe un temps où la moitié de la classe prend une pause récré avant l'heure avec le consentement de l'instituteur qui semble dépassé par les événements, peut-être par l'accroc sur son autorité.

À mon tour maintenant ! Je m'arme d'audace en demandant la permission d'aller aux toilettes. Bien évidemment, ce ne sont pas les latrines qui m'intéressent.

Une fois dehors, je rentre précipitamment en courant, aussi vite que je le peux. Je retrouve Diadia à son commerce, complice avec ses clients et riant aux éclats de ces bavardages sans fin. En me voyant, elle n'émet aucune opposition. Je reprends place à ses côtés. Je m'enorgueillis d'honorer ce privilège de petit marchand en sa compagnie.

L'échec de ma première rentrée scolaire avec Diadia, un pur hasard, un coup du destin sans doute, précipite ma rencontre avec l'autre partie de ma famille : celle de mon père et de mon frère aîné. Avant cela, rien ne me prédestinait à les connaître ou à les rencontrer.

À ma naissance, je n'étais pas inscrit à l'état civil. Pour les besoins de ma scolarité, et après l'échec de cette fameuse rentrée, mon père, cet inconnu, veut m'arracher à l'affection de Diadia pour le rejoindre à Kaolack où il officie comme secrétaire administratif au tribunal régional.

Comme il y a retard dans la déclaration de naissance, un jugement d'inscription permet à mon père de m'inscrire à l'état civil de Gara et non à Kané, comme lieu de naissance. Je suis alors officiellement né à Gara et enregistré comme tel dans les registres d'actes d'état civil sous le prénom Khalil. Voilà ma seconde naissance !

En décidant ainsi, mon père autorise, par ce nouveau prénom, mon intronisation dans ma nouvelle famille. Qui c'est celui-là, m'étonnerai-je toujours quand on me hèle au loin ?

Aussi, constaté-je ne pas être le seul enfant éloigné de sa mère mais qui, malgré tout, garde un père. Ibou, mon frère aîné devait avoir trois ans quand notre mère est repartie chez ses parents.

Pour cette quête personnelle, à la recherche d'une reconstitution singulière de mon histoire, partiellement immergée, je ne parlerai que de moi car au fond on ne peut parler que de soi. Premièrement constatation, Ibou prend un père et me laisse une mère, même pour un court instant.

Après la séparation de mes parents, mon père se remarie. Il a épousé Anta. Cette dernière aura la tâche de s'occuper de mon frère Ibou comme son propre fils. Mon père, ensuite, trouvera une seconde femme, Rama. Je suis confié à elle après mon intronisation dans la famille.

J'aime penser que c'est de bon augure de la part de mon père de vouloir, d'un côté, rééquilibrer les choses entre ses femmes et, de l'autre, entre ses enfants.

Pour Ibou et moi, la chose est réglée : deux frères pour deux mères, on ignore toujours où était passée l'autre mère ; n'est-ce pas là le génie des parents ?

Rama devient véritablement ma mère, celle que je n'ai pas su reconnaître, malheureusement. Elle est originaire de Thiès et pratique le wolof.

Entre nous, la langue constitue en cet instant le premier obstacle. L'expression difficile entre nous, faute de langue commune, rend vaguement compte de notre relation.

Ma relation avec ma nouvelle maman se limite à un besoin efficace : je toise les choses que je désire et elle me les rend disponibles. Cela me suffit.

Rama espérait un temps d'adaptation, un temps où notre relation reprendrait forme et prendrait une tournure identique à celle qu'elle entretient avec ses propres enfants. Outre cette barrière linguistique et avec un dévouement inégalé, Rama me prend sous son aile en se substituant à Diadia. En multipliant ces attentions à mon égard, elle crée une jalousie fraternelle. Elle s'acharne à me laisser une place dans cette famille nouvellement reconstituée.

À défaut d'être cet enfant modèle qu'elle veut façonner avec le temps, je reste en réalité un enfant muet, muselé par les soubresauts de la vie.

La situation perdurant, la langue de mon père commence à m'infuser. J'apprends le mandingue en refoulant le diakhanké. Un mélange de ces deux langues marque le pas d'un désir, d'un effort qui préside dans la cour familiale. Ensuite, mes efforts se tournent vers le wolof pour contenter Rama.

Ainsi, pour officialiser et légitimer son rôle, son statut de mère aux yeux de la cour, maintenant que nous nous comprenons, Rama décide que je l'appellerai dorénavant maman, comme ses autres enfants.

Cette demande, si légitime et nécessaire qu'elle soit, me trouble. Je ne la comprends pas véritablement. Je ne sais comment répondre à cette attente. Par gratitude, je finis par répondre favorablement à sa requête. Je dirais que c'est plus une obéissance de ma part qu'un désir dans ma bouche de l'appeler maman.

Mes premières semaines de rentrée scolaire auprès de mon père sont difficiles. Heureusement, ce père avisé prend la précaution d'entretenir mon instituteur de mon retard, de mon déracinement, du profond dépaysement qui me fend le cœur depuis mon arrivée à ses côtés. Et aussi parce que les rouages de la ville ne sont pas les mêmes qu'au village.

L'instituteur, à son tour, consacrera plus de temps à mes côtés que le reste de la classe. Il me demande d'écrire, je dessine. Il me donne une craie, je la mâchonne. Placide, il me remet au travail. Avec son opiniâtreté, mes premières lettres alphabétiques françaises se modèlent, s'harmonisent, produisant dans le même temps, mon propre désir.

Sur l'ardoise, j'apprends entièrement mon alphabet. Pour ne pas désapprendre, je donne à l'alphabet une dimension poétique : j'en fais une chanson. Je commence à plus apprécier ma présence à l'école qu'à la maison ; même si les petits copains m'intimident, me harcèlent, quotidiennement pendant les récréations. Ils me dépouillent de force de mes stylos et de mes crayons de couleurs. Je n'ose pas me défendre. Ils ne me comprennent pas dans ma langue. Ils se moquent de moi.

Mon père s'est bien rendu compte du vide dans son casier de fournitures scolaires, le forfait que je commets quotidiennement à son insu. Il me parle et m'arme de courage face à mes détracteurs qu'il qualifie de petits filous mal élevés. Je finis par résister face à ces petits emmerdeurs en me défendant vigoureusement, au fil des jours et des récréations. Les jours qui suivent seront d'une grande quiétude, à l'intérieur de l'école comme à l'extérieur. Je suis même intégré dans le groupe qui me terrorisait.

Cette première année scolaire avec ses multiples aspects déconcertants, pleins de mystères se finit laborieusement. À la fin de l'année, je passe en classe préparatoire, en C.P.2.

Surpris de mes bons résultats inespérés, mon père m'encourage. Il envisage de me récompenser de ma bonne réussite à l'école. Pour cela, il décide de m'annoncer une nouvelle qui à son avis devrait me plaire.

Un soir, après sa dernière prière, il m'invite à prendre un banc et m'asseoir à ses côtés. Cette invitation prend une tournure solennelle. J'en suis ravi. Il n'y a rien que nous deux. C'est un premier tête-à-tête. Vais-je enfin connaître mon histoire, celle-là même qui m'a mené de Kané à Kaolack ? Pourquoi m'a-t-il fait venir à lui ? Il sort une enveloppe blanche de sa poche, l'ouvre et en retire discrètement une lettre qui m'est destinée, elle provient de Kané dit-il, de Diadia : sur un ton harmonieux et agile sur les mots, mon père me lit la lettre sans l'ombre d'une hésitation comme si je pouvais comprendre ce que la lettre disait réellement. En refermant l'enveloppe, en somme, il m'explique avoir fait part de ma réussite scolaire à Diadia. Celle-ci, très contente, désirerait me voir pour les grandes vacances hivernales à Kané ; « Aussi, j'ai décidé de te laisser partir en vacances chez ta grand-mère dès demain matin, à l'aube, après la prière du matin. Ta maman Rama préparera tes affaires dans une valise et tu porteras des habits neufs pour l'occasion. »

Le lendemain, au petit matin, il toque à la porte de Rama. Je ne dors pas. En fait, je n'ai pas fermé l'œil de la nuit. L'idée de voyager afin de retrouver Diadia m'excite et me tient éveillé. Mon sommeil est pris en otage par le chant nostalgique des oiseaux querelleurs, de la rivière enivrante ainsi que le coassement assourdissant des crapauds sans oublier par-dessus tout mes retrouvailles avec Barra. Je me fais une joie de retrouver Diadia, l'unique mère.

Il fait encore sombre quand nous sortons de la maison pour la gare routière de Kaolack. La route est presque déserte. Pour aujourd'hui, je trouve mon père particulièrement rassurant. Il me prodigue ses conseils avisés pour passer de bonnes vacances avec ma grand-mère.

Au loin, dans la fine nuit, j'entends le vrombissement d'une voiture qui peine à démarrer. Devant certaines maisons que nous passons, quelques femmes s'affairent, elles balaient les devantures avant le retour des hommes à la prière. Devant les restaurants proches de la chaussée qui servent le petit-déjeuner, il y a une odeur d'ordures entassées qui attirent les mouches. En revanche, l'odeur exquise des pains chauds sortis du four du boulanger à un autre bout de la rue domine dans l'atmosphère. Je pense un moment manquer ma part de pain chaud avec du chocolat et ma tisane de kinkéliba à la maison. En y réfléchissant, je ne m'en plains pas, je vais retrouver mon bol de bouillie abreuvée de lait caillé chez Diadia.

Nous longeons un chemin goudronné passant par le grand marché. Quinze bonnes minutes suffisent pour arriver à la gare. En sortant d'un côté du marché, nous tombons nez à nez avec l'entrée principale de l'hôpital régional de Kaolack avec son long mur surélevé de part et d'autre et son odeur persistante de désinfectant.

Mon père s'arrête un instant et s'étonne d'oublier quelque chose. Il pense qu'il doit me remettre un trousseau de pansements et des comprimés d'aspirine pour ma grand-mère et moi-même car avec l'hivernage approchant à Kané, le paludisme sévit gravement ; il me convie à entrer alors avec lui à l'hôpital pour me préparer un trousseau de secours. Quand nous entrons, un médecin en blouse blanche, bien silencieux, semble attendre mon père. Je crois qu'ils se connaissent déjà. Il entraîne mon père dans son bureau, en premier. Il me demande de m'asseoir dans la salle d'attente sagement. Ils ressortent ensemble un quart d'heure plus tard. Le médecin m'entraîne à mon tour, seul, dans une autre salle. Là, il me demande de me déshabiller pendant qu'il se prépare. J'ignore cette demande car je ne la comprends pas. Je me tiens debout, méfiant de cet inconnu qui peine à me fixer des yeux. Je le vois préparer son plateau : ciseaux plus grands les uns que les autres, bistouri, bétadine, compresses, etc. Dans la salle, il y a un grand fauteuil noir allongé, des bracelets sur les bords et au pied, deux perches de part et d'autre ; sur les étagères au mur, des bouteilles de perfusion, des flacons, etc. le tout dans une odeur qu'on ne reconnaît qu'ici.

Que me veut-il enfin ? Le médecin se retourne : « enlève ton pantalon et ton t-shirt petit, on n'a pas la journée devant nous ». Les yeux béats, j'ai honte de me mettre nu devant un inconnu. Je tiens toujours à mes fesses. Il insiste à nouveau. Je décide de me laisser faire pour en finir au plus vite et reprendre le chemin de la gare :

— Monte sur le fauteuil et allonge-toi confortablement

— Où est mon père ?

— Il t'attend dans la salle d'à côté, tu verras, ça ira très vite si tu te tiens tranquille !

Je prends peur en voyant en face de moi, du côté des pieds son grand plateau.

— Où est mon père que je lui demande à nouveau dans un wolof hésitant ?

Il ne prend pas la peine de me répondre. Le silence s'installe. Voilà ! à présent, il attache mes pieds, ensuite mes deux mains. C'est la catastrophe ! je ne sais toujours pas ce qui m'arrive, ni quelle punition mérité-je encore !

Je suis maintenant allongé et ligoté, stupéfait et trahi, contraint et résilié à jamais.

Quand je reviens à moi, on m'a arraché un bout, je suis circoncis. Voilà ma récompense. Mon père me promettait Diadia, maintenant, il m'enfile une djellaba. Il s'illustre, à ma plus grande incompréhension, bourreau de mon innocence. Il n'est plus question alors de Diadia ni de gare routière ; nous rentrons à la maison aussitôt.

Le chemin du retour à la maison semble cette fois-ci plus éloigné dans mon esprit. Je vacille sur mes jambes, je m'effondre, la douleur en bas de la ceinture est insupportable. Les passants, voyant ma tenue de djellaba, ont compris mon calvaire et m'encouragent par des chants à mi-voix ; d'autres me tendent des pièces de monnaie. C'est à croire qu'ils compatissent.

Après avoir dodeliné d'une jambe à une autre, difficilement, nous arrivons enfin à la maison. Certains dignitaires, de retour à la mosquée, attendent mon retour ; mon père les avait prévenus de ma circoncision. Ils m'accueillent héroïquement.

Rama et Anta se sont mises ensemble et ont préparé du *lakh*, sorte de bouillie épaisse faite avec de la farine de mil, de raisins et de lait concentré servi aux invités présents à cette matinée contrastée.

Je supporte les douleurs la première semaine avant d'apprivoiser enfin la cicatrisation complète de la plaie, trois semaines plus tard.

Après ma déculottée, mon père tient sa promesse initiale : je pars en vacances à Kané avec mon frère Ibou.

Nous arrivons ensemble sur la belle piste crasseuse, rouge vif qui me ravit le cœur. Ici, rien n'a changé après mon départ.

Quelques bonnes marches sur la piste suffiront à attirer l'attention sur nous. Certains passants que nous croisons me reconnaissent et manifestent leur joie de me revoir. Je leur présente à mon tour mon frère qui, silencieux et perplexe, retrouve le sourire.

Il ne faut pas beaucoup de temps avant que la rumeur de notre arrivée parvienne aux oreilles de Diadia. Hystérique, sans foulard sur la tête, ni chaussures à ses pieds, elle nous rejoint en courant à notre rencontre. Diadia est très émue de nous accueillir mon frère et moi ; elle ne manque pas de verser quelques larmes de joie : on lui rendait enfin ses petits-enfants.

Le lendemain matin, nous nous réveillons tôt car nous recevons la visite des voisins qui nous apportent plein de gâteries : des beignets, du lait de vache, de la bouillie chaude, etc.

Je n'ai pu respecter la tradition matinale avec Diadia. Je veux rester solidaire de mon frère resté au lit.

Mon frère, lui, perplexe toujours, se précipite dans la grande cour de Diadia qu'il découvre pour la première fois. Il s'assoit sur le perron et regarde autour de lui. Son regard cafardeux et dépaysé semble suspendu dans le vide. Cherche-t-il l'ombre absente de notre mère ? Probablement. Mais je ne l'interroge pas. La réalité est qu'il n'y a aucune trace de notre mère dans cette cour. Ses pas ont été embaumés d'oubli. Son odeur la rattachant à ce lieu est emportée par d'étranges nuages épais depuis un matin hivernal. La poussière s'est levée avec elle et le vent a tout dissipé, loin de nous, dans la précipitation vers un horizon que nous ignorons. Le silence de mon frère m'atteint. Ici, mieux vaut se faire son idée car on n'a jamais la réponse à nos questions. J'aimerais qu'il se plaise à Kané, comme moi si ce n'est qu'il ne verra rien ici qui parle, qu'il n'y a que des êtres absents et leur silence. L'ignorance protège les enfants dit-on mais elle protège plus les adultes de leur lâcheté.

Pour ma part, je ne me fais plus d'illusion. J'ai arrêté de chercher. Je crois que je ne sais plus, l'oubli s'est installé et c'est mieux ainsi.

Au fil des jours, mon frère s'étonne à propos de ce qu'il entend et de ce qu'il ne dit pas. Il hésite à propos de mon prénom. Cette partie de la famille ne me connaît que sous le titre d'Elhadj. Pour Diadia et mes tantes, je suis toujours le petit-fils, le mari ou le père. Je représente l'image du mari ou du père absent. Elles n'oseront tout de même pas tuer leur propre père de leurs propres bouches, une seconde fois en me renommant Khalil.

Mon frère, quant à lui, ne sait plus comment me nommer. Il baisse la voix chaque fois qu'il m'interpelle par mon véritable prénom car il s'agissait bien de ma première naissance ! De toutes ces maladresses, et c'est une chose bien connue ici, les parents n'ont pas vocation à se justifier auprès de leurs enfants ; nous devons, nous enfants, suivre, têtes baissées, vers l'inconnue sous les ordres de la toute-puissance parentale. On ne s'oppose pas. On ne défait rien. On ne discute pas de ces choses-là. Nos questions doivent rester sous silence. Il faut alors appréhender la vie avec ses yeux et ses oreilles afin de se faire sa propre vérité.

L'absurde pour mon frère et moi est de vouloir lier un fil qui s'est défait loin de nous. Notre souffrance ne trouve pas mot et pire, elle est imperceptible, inexistante et sa moindre manifestation paraît indécente. Nous sommes pris en otage et nous n'avons pas le droit de culpabiliser ceux qui sont là pour nous au quotidien. C'est de leur faire regretter leur effort. La priorité est à la survie !

En réalité, dès l'enfance, on nous habitue à entretenir une relation de survie. Plus de mot, après cela. Place à l'apparence et à la bonne marche d'une prétendue cohésion : il faut apprendre à lire sous les lignes, ce que nous faisons de mieux. « Dieu fait bien les choses » rappelle Diadia, assez souvent, croyante qu'elle est ; un mal pour un bien, à elle d'en juger !

Ceux qui nous connaissent, mon frère et moi, considèrent que nous ne sommes pas bavards, que nous sommes même d'une timidité maladive. Ils nous soupçonnent de lâcheté. Que faudrait-il en déduire ? Des mots ? Ils manquent à ceux qui en ont été privés ; et le courage des mots, ceux qui permettent de bien nommer les choses, n'est pas mince affaire !

En grandissant, nous nous sommes enfermés dans le déni. Nous n'avons pas osé exposer notre propre vie l'un à l'autre. Est-ce mieux ainsi ?

Aujourd'hui, j'expédie tout, comme un athlète qui s'apprête à sauter à la perche et qui ne saurait appréhender la suite car il n'y a pas de bloc de mousse pour amortir la chute.

J'ai le sentiment que mon corps est et que mon esprit fut. Je n'ai pas un tout, corps et esprit, comme on dit, mais une toute petite portion de ce dernier, de ce qui me fait. Sommes-nous les fils des uns et des autres ? Ce sentiment d'absence, de non-dit, m'habite, me ronge l'âme, me visite au quotidien, au point que je ne peux contenir ma vessie quand l'envie me trouve quelquefois au lit. Je ne contrôle plus rien. Qui doit-on blâmer, moi ? La nuit, je geins. L'humidité de la pisse me prend au corps et me réveille en catastrophe. Au petit matin, la honte me retient encore au lit après le constat. Il est terrifiant. J'hésite à me lever pour aller à l'école. Cela me perturbe. J'en frissonne encore. Je suis comme une poule qui regagne son poulailler le soir. Elle avance à tâtons devant l'obscurité qui menace.

L'obscurité c'est le regard discourtois et moqueur des gens qui m'entourent. Ça me ronge de l'intérieur. La solution est vite trouvée : le matelas cède la place à un paillasson peu confortable. Cette trouvaille me maintient éveillé la nuit. Avec un paillasson, il y a moins de dégâts. L'investissement est moindre. La question est réglée. Plus de plaintes des uns et des autres ensuite.

Mon père, lui, ne m'a jamais adressé une seule remarque contrariante. Il consulte des marabouts ; l'un d'eux lui donne comme remède une bouteille ; le liquide à l'intérieur sent l'ail, une odeur d'œufs pourris, cette pisse que j'avale toutes les nuits ; malgré la nausée, je n'ose pas dégueuler ; il faut bien retenir le poison pour se soigner. Mon ventre est en vrac, ça glougloute encore et encore toute la nuit.

En dépit de ces problèmes, Ibou et moi passons de bonnes vacances ; je suis surtout très content de présenter à mon frère Barra, mon unique partenaire de jeu. S'est-il senti isolé pendant ce temps ?

Le matin, pour abreuver de lait caillé notre bouillie à la maison, je me rends chez Barra. Sa famille, peulh, élève des vaches, des moutons, des chèvres, etc. C'est leur fortune, leur prestige.

Dans l'arrière-cour de leur maison, les vaches sont solidement attachées à un piquet en métal épais enfoui sous terre. Dès l'aube, Aby les trait. Elle s'accroupit tout près des mamelles des vaches, calebasse entre les jambes et le regard fixé sur son objectif, sereinement. Elle n'a pas peur. Les vaches attendent docilement la traite, sinon elles se font engueuler de suite.

En dehors du troupeau, leur maison grouille d'animaux, principalement de chiens et de chats. Ces animaux de compagnie occupent la même place que nous dans le cœur de Diabou. Je n'ai jamais vu autant de chats et chiens dans une maison. Ils sont de toutes formes : maigres, grands, borgnes, boiteux, etc. Sa maison est le refuge. Je crains les chats noirs. C'est quand même bizarre un animal aux poils sombres sans pique de couleurs ! Leurs yeux brillent dangereusement aussi bien dans le clair-obscur que dans la pénombre de midi. En revanche, d'autres plus clairs, pigmentés, me sont indifférents. Ils ne m'inspirent pas crainte. Diabou les protège farouchement de quiconque sous-estime ses petits-protégés. Il nous est interdit de leur faire du mal, de les jalouser, de les chasser quand ils se mettent en concurrence avec nous à ses côtés. Aux heures de repas, toute la colonie est là ; on partage alors le peu de riz qui nous reste dans le bol. Mais nos concurrents illégitimes préfèrent les têtes de poissons, surtout les chats. Il ne faut jamais confier une tête de poisson à un chat ; il la déchiquettera, sans gêne, par petits bouts, sous vos yeux et sans partage. Nous les jalousons car ils semblent plus profiter du repas que nous.

Malgré notre intérêt pour cette partie supérieure du poisson, on ne peut les manger devant les adultes. Diadia nous l'interdit. Ça rend bête de manger les têtes de poissons, dit-elle. Les adultes, eux, ont dépassé l'âge d'être bête. Dans le bol, mes tantes ne se gênent pas d'en manger devant nous. Elles en raffolent : elles sont des humains-chats !

Moi, je préfère tout de même les chats aux chiens. Les chats sont plus prévisibles que les chiens. Ils ne se méfient pas trop de nous et ne se rebiffent que très rarement quand on les dérange.

Les chiens, par contre, Oh ces maudits chiens ! vicieux, méchants, gueules pleines de salives, bavant, ils prétendent concurrencer notre autorité. Que faut-il faire pour que ces prétentieux se rendent dociles ? Ils ne se laissent jamais intimider par de petits filous mal fringués. Notre volonté d'autorité marche moyennement sur eux et parfois pas du tout. Et les chiots, il ne faut même pas les toucher ni les caresser devant leur mère. Seule Diabou arrive à faire plier leur garde. Leur maîtresse a pouvoir sur eux. Les chiennes n'attendent rien de nous. Nous n'avons que faire d'elles et de leurs petits aussi. On les trouve simplement mignons et petits, voilà. Nous espérons simplement profiter de leur petitesse, de leur air inoffensif, avant qu'ils ne commencent à se rebeller, à montrer leurs crocs, à nous détester à leur tour ; nous ne serons jamais alliés, mais ennemis déclarés. Ah, ces chiens, ces foutus chiens ! ils me font peur. Diabou dit qu'il ne faut pas en avoir peur, ni éviter leur regard. Cela ne me rassure guère. Je déteste leur aboiement soudain. Je tressaille sur le coup. Je ne peux supporter leur nature profonde à mon égard. Toujours méfiants, ils ne me laissent même pas le temps de réchauffer mon orgueil. Quand ils aboient, nous sommes rivaux. J'entre en scène à leur niveau : race de chiens face à race rageante. Prêt à relever leur défi. Je suis sûr de perdre mais je tiens bon par crainte d'être mordu. En général, solidaires, ils finissent par gagner dès qu'ils se mettent en meute, aboyant à tout bout de champ ; j'abandonne, fier d'avoir résisté, même un court instant.

D'un autre côté, Diadia, n'aime ni les chiens ni les chats. Elle n'a que faire d'animaux qui ne servent à rien, qui ne font que remplir la maison d'excréments. Ses moutons et chèvres suffisent largement dit-elle.

Pour dissiper ma phobie des chiens, Barra nous offre, Ibou et moi, chacun un chiot. Quoi de mieux que d'en avoir un tout petit et de le voir grandir avec soi pour dompter sa peur, hein ! mais Diadia s'y oppose. Les chiens ne sont pas acceptés dans la maison. Elle affirme qu'ils ont un sens, une seconde nature, que nous n'avons pas, nous, êtres humains ; ils flairent des choses qui nous sont inaccessibles, qui nous échappent ; ils voient ce que nous ne voyons pas car ils ne sont point crédules devant l'obscurité.

Que dire de plus ! Ma phobie attendra !

L'hivernage est aussi la saison des mange-mils à Kané. Ces oiseaux égaient le ciel kanois et surtout animent la vie du marché par leur gazouillis, tout le long de la journée. Sur trois grands fromagers de part et d'autre du marché, ils marquent pleinement leur présence.

Avec mon frère, nous nous sommes illustrés comme de véritables chasseurs aguerris de ces proies qui construisent non sans peine leur nid au marché, planent dans les maisons sans surveillance et dévastent les cultures de céréales. Chez Diadia, c'est surtout le champ de maïs qui les intéressent. Ils deviennent la hantise des habitants.

À la maison, au petit matin, après notre petit-déjeuner, nous préparons des graines de mil que nous éparpillons sur un coin de la cour, plus près du puits. Nous exerçons notre ingéniosité et notre instinct de chasseurs pour piéger ces merdouilles. En guise de nasse, un grand van renversé, maintenu en équilibre par un trébuchet lié à un fil de fer ou une ficelle jusqu'à notre poste de garde, un appât de graines au milieu du traquenard. À côté, nous nous assurons d'un fourneau et de charbons de bois pour la fricassée matinale. Après cela, nous attendons sagement leur arrivée, leur première descente dans la cour. Vu leur nombre au marché, nous ne manquons jamais l'occasion d'en attraper beaucoup. C'est avec grand plaisir que nous les déplumons, les frisons au fourneau ; petits qu'ils sont, ils pèsent à peine quelques grammes chacun ! Nous aimons le craquement des os minuscules qui cèdent sous la dent. En fin de matinée, rassasiés, nous manquons quelquefois de prendre part au repas de midi.

Quelqu'un a mis au péril notre bombance du matin ; plus rien à mettre au fourneau. Les mange-mils ont dévasté un champ de riz. Furieux, le riziculteur empoisonne tout son champ et le laisse sans surveillance. Il veut se les faire, ces merdouilles, pour se venger de leur forfait. Ainsi, c'est par des dizaines qu'on les voit tomber sur le long de la piste, dans les maisons, au marché, partout. Ces petites créatures n'avaient aucune chance. Au marché, Diadia apprend la nouvelle et rentre précipitamment pour nous avertir du danger.

C'est bien dommage, les bonnes choses ne durent jamais longtemps. Cela marque en même temps la fin de nos grandes vacances à Kané.

À la fin de ces vacances, nous savons que nous ne retournons pas à Kaolack rejoindre notre père et nos mères respectives. Mon père a demandé une affectation pour se rapprocher, lui aussi, de sa mère, Satou, installée à Kolda.

En attendant cette affectation, nous serons les premiers à retrouver notre grand-mère paternelle. Nous partons un peu avant la fin du mois de septembre pour la rentrée scolaire d'octobre. Diadia est contrariée de nous voir partir. Quand nous arrivons à Kolda, après les vacances, nous sommes instantanément plongés dans le grand bain. C'est une grande famille : il y a nos oncles, nos tantes, nos cousins, nos grands-mères, etc. Satou, la mère de l'aîné de la cour, mon père, est la plus âgée. Tous les honneurs lui sont présentés en priorité.

Ici, mon frère semble reconnaître des visages. Il prend l'air familier avec tout le monde. Moi, rien ne me parle encore. Je peine à m'intégrer, à me libérer, devant l'étendue de la famille, le nombre de parents qui peuple cette maison, sans l'ombre d'un visage familier.

Les heures de repas sont de grands moments de vie. C'est aussi l'occasion de faire le compte, de s'enorgueillir de la grandeur de la famille, d'en identifier chaque membre et d'en évaluer le rang : au-dessus de tout, il y a les grands-mères, ensuite les pères, les oncles, les mamans et enfin, au bas de l'échelle, les enfants.

Pour nous, enfants, mieux vaut ne pas rater un repas dans la cour. Non seulement nous sommes punis de tout retard au bol, mais privés d'y prendre part. Nous sommes formés dès l'enfance aux respects des règles de la cour, de la vie en communauté. Personne ne manque à l'appel à l'heure du repas quand la voix d'une des coépouses de nos oncles retentit dans la grande cour : *conton*. Le coup d'envoi est donné.

Autour des grands et petits bols en alu, les grands-mères sont servies à part ; les tantes, un peu isolées, elles aussi, mangent sous le manguier de la cour et discutent entre elles d'un ton cordial ; les oncles et les pères, sont servis dans le grand salon à l'abri des regards indiscrets ; nous, serrés au coude à coude, mangeons avec l'oncle Kaba, chargé à lui tout seul de notre tenue sur le bol ; silencieux comme un bois mort, j'apprends là, loin de Diadia, à me nourrir, tête baissée, les yeux fixés sur le bol commun ; je surveille mes limites d'accès et mes angles car je n'ai pas le droit de dépasser ma zone ; je ne peux me servir en dehors sans risquer un coup de cuillère de Kaba sur le dos de ma main. Il guette le moindre de nos faits et gestes dans le bol. Il faut rester concentré, vigilant, jusqu'au dernier grain de riz dans le bol ; comme Diadia le disait, la nourriture se respecte. Aucune trêve n'est permise, c'est une bataille engagée. On doit fignoler sa main droite — la gauche est interdite — et, comme toujours, le plat est chaud ; je me brûle la langue, mais ça n'a pas d'importance, ça ne compte pas ; je mange la peur au ventre d'une maladresse. Je dois domestiquer la brûlure sur la langue par un tour de passe-passe dans la bouche, aspirer un peu d'air frais par moment, souffler ensuite pour me libérer de la bonne chaleur du riz et de la sauce. Parfois, je n'ai pas le temps de mâcher longuement, j'avale de suite la poignée de riz, mon ventre reçoit cette braise, mon corps réagit, la sueur au front se manifeste intensément, mais ce n'est rien, ce n'est qu'un moment de turbulences du repas engagé, bientôt quelques gouttes de sueur tomberont dans le bol. Agenouillé toujours, je transpire encore plus, je ne songe pas à m'essuyer le front, personne n'y pense, on ne boit pas d'eau non plus pour faire passer le riz, tempérer la chaleur sur la langue, ce n'est pas permis ; une arête qui coince, ça peut attendre, quitte à l'avaler, car dès qu'on se lève, on perd sa place, on range les armes ; en un rien de temps, le bol se vide. Ça va vite, très vite. On demeure le ventre moins garni en attendant la prochaine assemblée, le match est terminé.

À la maison, mes premiers mois sont aussi contrariants que mes retrouvailles avec mon père. Je ne vois pas Satou. Son visage m'est inaccessible. Elle ne joue pas le même rôle que Diadia. Je n'attire pas son attention, pas plus que les autres. Je suis un enfant comme tant d'autres ici. On occupe tous le même rang. Pas de privilège pour qui que ce soit. L'individualisme n'a pas lieu de naître en nous. Ce qui compte, c'est le groupe, la famille, le nom que l'on porte, son rang.

En dehors de l'indifférence généralisée à mon égard en l'absence de mon père et de Rama, la question de la langue revient au cœur de mon intégration.

On me reproche cette assimilation avortée. Je traîne encore mon accent diakhanké dans la grande cour. On me le fait remarquer chaque fois que j'ouvre ma bouche : « arrête de faire ton petit diakhanké, nous ne le sommes pas ici ». Je suis renvoyé à Kané comme un étranger. Cette place que mon père m'octroie est constamment remise en question. Ma première identité demeure l'ombre la plus fidèle et les tensions sont telles dans la cour que j'y cherche refuge constamment.

Je suis inscrit en cours préparatoire deuxième année une semaine plus tard pour ma deuxième rentrée scolaire. Je m'acclimate aussitôt. Je comprends que c'est ici ma place, à l'école, dans la classe de Madame Konaté, notre chère institutrice. Je l'aime bien. Elle n'est pas grande en taille mais elle a un physique très imposant, les lunettes rondes cerclent ses yeux dans son visage frais et appliqué en classe. Je m'applique davantage à l'école pour la séduire. Rien ne me détourne de ma nouvelle conquête. Je me passionne pour la lecture en classe, principalement les lundis matin à la première heure après le rappel. La lecture de mes manuels scolaires devient mon passe-temps favori. À la maison, je fais toujours seul mes devoirs avant de retourner en classe. L'école devient, à mesure que l'année scolaire avance, mon lieu de prédilection, mon souffle au quotidien. Cette année se termine bien encore au grand bonheur de ma chère institutrice. Je me plains déjà de cet ennui qui me guette hors des murs de l'école. Aussi, je ne sais pas si je repars avec mon frère en vacances chez Diadia. Notre père est loin. Il ne nous a pas rejoints encore. J'ignore quand il viendra nous retrouver. On ne nous donne pas de ses nouvelles.

La rentrée suivante, mon père obtient enfin son affectation. Cette année-là, les vacances sont passées si vite. Je ne me rappelle vraiment pas leur déroulement, aucun souvenir, j'ai l'impression d'avoir dormi trop longtemps.

Je me réjouis de voir enfin Rama qui est aussi, tout comme je l'étais, plongée dans le grand bain. La cour ne parle pas wolof, la langue qu'elle pratique. Le mandingue domine. Et pourtant, dans cette immense cour qu'elle découvre, elle doit vivre avec son mari et élever ses enfants. Depuis que je l'ai rencontré, elle ne bricole aucun mot en mandingue et c'est une préoccupation bien secondaire pour elle. Nos deux destins s'entremêlent. Nous nous lançons dans une aventure incertaine dont l'issue ne semble guère favorable. À cause de son wolof dans la cour, Rama se heurte littéralement aux jugements des uns et des autres qui la critiquent au quotidien. Se trompe-t-elle de mari et moi de famille ? Depuis sa venue à Kolda, elle ne s'est jamais sentie, elle non plus, à sa place. Mais elle tient à notre père, son mari, le père de ses enfants. Est-ce une raison suffisante de vivre malheureuse en ne se sentant pas chez soi ? Elle finira par rendre les armes et se séparera de mon père quelques années plus tard.

Mon père, quant à lui, reprend sa place d'aîné, dès son arrivée. Il n'est plus simplement le père de ses enfants mais celui de la cour. Celle-ci devient sa priorité avant tout. Il porte la tribu sur ses épaules en tant que père, époux et aîné.

Fonctionnaire, il est certain de recevoir salaire à la fin de chaque mois. C'est un lève-tôt mon père, tout comme Diadia. Il part à la mosquée dès les premiers appels à la prière à l'aube et revient avant notre réveil. Il égrènera son chapelet et récitera des litanies *Tidianiya*. À ses côtés, il tient toujours un poste radio et écoute attentivement les informations de sept heures à *RFI* ; il tire l'antenne radio et l'oriente à une direction fixe, obtient un signal qui émet plus ou moins nettement, jusqu'à ce qu'un petit vent reparte avec celui-ci. Il recommence à nouveau.

C'est à cet instant-là que je me lève : « viens m'aider Khalil avec cette radio si capricieuse ; elle me fatigue encore avec ces pertes de signal ! ». J'interviens alors pendant qu'il lit ses dernières litanies à voix basse. Je ne sais pas quoi faire d'avance, je ne suis pas technicien de radio ni autre, mais mon père adore me confier ces petites tâches bien ennuyeuses. J'aime bien les accomplir malgré tout. Le chuintement de cette radio devient ma préoccupation première, dès mon réveil. J'adore ce bruit grésillant de perte de signal. *RFI* n'est pas facile d'accès à Kolda. Comme technicien reconnu, j'immobilise l'antenne radio au moyen d'un fil de fer que j'accroche à la fenêtre, le signal se stabilise et devient plus fluide. Cette radio doit émettre de loin, pensé-je d'après son grésillement. Après ces informations à la radio, mon père embellit ses chaussures par un coup de cirage, il prend ensuite son petit déjeuner avant de partir au travail. Nous partons un peu avant cela à l'école, avant de le revoir après dix-sept heures passées.

Au début de chaque mois, nous sommes assurés de voir une charrette chargée de provisions mensuelles : sacs de riz, de mil, des cartons de bouteilles d'huile, de sucre, du savon, etc.

En outre, malgré ses préoccupations premières de père de famille et d'aîné, mon père a toujours accordé une importance capitale à ma scolarité. Il s'accorde, tous les premiers mercredis du mois, une visite dans ma classe excepté en cours préparatoire. Il poursuit ces visites pendant toute la période du primaire, en cours d'initiation, jusqu'au cours moyen deuxième année avant le collège.

Je repars en vacances chez Diadia, seul, trois ans plus tard. Elle me manquait, je culpabilise d'avoir été absent si longtemps ou de l'avoir aussi abandonné. Nos retrouvailles sont toujours des moments de pur bonheur et d'interrogations. Elle s'inquiète beaucoup de mon état physique : « manges-tu à ta faim là-bas, regarde-toi, Elhadj, tu as maigri, on voit tes os sous ta peau, tu as grandi aussi en si peu de temps, c'est incroyable ! ». Je n'ai pas le temps de répondre car elle n'attend pas de réponse. Elle est bien contente de me voir là où tout a commencé. Elle retrouve son cher Elhadj.

Dès mon arrivée, je constate des changements à Kané. Ma tante Bintou s'est mariée. Elle n'habite plus à la maison et a rejoint son mari à Bendou, à une dizaine de kilomètres de Kané. Nabou, elle, est toujours là. Elle ne s'est pas mariée mais elle a un enfant en bas âge.

L'hivernage aussi est là mais nous sommes loin des saisons enchantées d'antan. La maison de Diadia est vide de couleurs et d'harmonie. Je ressens une sensation de vide, moins d'enthousiasme que d'habitude. Entre deux univers, réel et ressenti, je plonge à la recherche d'un rêve perdu ; la magie de l'enfance ne s'opère plus.

Diadia a maintenant les dents toutes pourries à cause de la poudre de tabac moulu qu'elle place sous sa langue, toute la journée. Pendant cette infusion buccale, elle reste muette et perd volontairement l'usage de la parole. Elle ne peut pas me parler et quand elle s'y hasarde, une salive noire, épaisse, sort de sa bouche. Ce n'est pas beau à voir. Ce sont surtout les premières minutes qui sont insupportables pour elle, mais elle tient bon. Je la vois cligner les yeux plusieurs fois avant qu'ils se stabilisent. Elle garde, heureusement, toujours un pot de tomate concentré vide à côté d'elle. Je le lui remplis de sable et elle s'en sert comme crachoir. Le soir, elle glisse le pot sous son lit. Je le ressors le lendemain matin et change le sable. Je suis ravi chaque fois d'accomplir ses moindres désirs. Je sens le besoin de lui rendre grâce. Tiens ! Je retrouve mama Anta, championne de l'arrachement, qui m'avait retiré sans barguigner des bras aimants de ma mère, avant son départ inexplicable. La voir ravive à nouveau certains souvenirs que tout mon être s'efforce d'oublier. Absente de Kané aux précédentes vacances, je ne me souvenais plus d'elle, malgré ma rancune tenace. Elle m'avait bien retenu et tordu le bras pour laisser ma mère filer en toute quiétude. Elle revient à Kané, ni en tant que mère — elle n'a pas d'enfants — ni en tant qu'épouse — elle est divorcée ; elle regagne Kané en ayant jeté son pagne, comme on dit, folle hystérique, l'âme en suspens. En plus de sa folie, mama Anta développe, je le comprends mieux aujourd'hui, le syndrome de Gilles de la Tourette : sa langue sollicite des grossièretés, des insultes à tout-va à toute personne qu'elle croise dans la rue ou à la maison, sans épargner quiconque. Tout le monde craint à Kané de la croiser.

Un jour, pendant ces vacances, on la trouve presque morte sur un chemin, entre deux buissons. On l'avait battu. Cela finit par faire réagir mama Abdou, son aînée, qui trouve mieux de l'enchaîner par une cheville à la maison. En temps normal, à Kané, les malades mentaux vivent dans les familles. Ils sont laissés libres de tout mouvement et quand ils sortent et se perdent, c'est avec joie qu'on les ramène chez eux. Peu de temps après le départ de ma mère, mama Anta s'est mariée à un riche commerçant gambien en affaires à Diaobé, rencontré au marché hebdomadaire. Après son mariage, elle quitte alors Kané en moto avec son mari pour la Gambie. Elle espérait trouver mari au plus vite et l'absence de « filles bonnes à marier » dans le coin lui devenait pain bénit. Il ne fallait surtout pas que ma mère renonce à son départ à cause de moi. Surtout pas ! Elle réussit bien son coup, la vieille, la folle hystérique. En tout cas, je suis étonné de la trouver chez son frère aîné un matin : arrogante à jamais, comme une sorcière, ses cheveux sont ébouriffés de tout bord, ses yeux tutoient la laideur de son âme, de longs ongles qu'elle ne coupe jamais rappellent l'horreur de son monde et le malheur qui siège dans son cœur. Je la trouve là, enchaînée au pieu avec une longue corde sur sa cheville tout près de la chambre qu'elle occupe et qu'elle ne quitte presque jamais. Il n'y a ni fenêtre ni rideau dans sa cellule. On y trouve que deux accès, l'un menant aux latrines dans la cour arrière, l'habitat des mouches, et l'autre dans la véranda. Elle me voit arriver : « approche-toi ! n'aies pas peur mon petit, approche-toi, ne les écoute pas ces vilaines personnes ». Je ne sais trop comment répondre à ces sollicitudes, je la crains vraiment cette vieille et elle me fait peur dans sa crasse. Je suis aussi intimidé par les regards des uns et des autres présents dans la cour qui scrutent ma réaction. Moi, je ne suis que de passage ici dans cette maison, je ne viens pas régler des comptes pensé-je ; je ne fais que passer d'une maison à une autre comme Diadia me le recommande durant ces vacances, rendre visite à chaque membre de la famille avant la fin de l'hivernage, tel un garçon bien éduqué. Je finis tout de même par me rapprocher d'elle, méfiant, malgré tout... Mama Anta me saisit le bras d'une main preste et sur un ton lénifiant, je l'entends me prier délicatement : « donne-moi à boire, donne-moi de l'eau, petit garçon, j'ai soif, ces salopards veulent ma mort, ils veulent tous ma mort ici, ces mécréants ». À l'entendre me supplier, elle attend que je la délivre, je suis son sauveur dieu, enfin ! Mais elle a oublié. Elle ne me reconnaît pas et ne sait plus qui suis-je. Sa folie la sauve, sur le coup, de son affront à mon innocence. Que diable cette folie absurde qui intervient au mauvais moment ! J'aurai cherché et voulu cette confrontation entre nous deux. Avec ses supplications, sa voix doucereuse adoucit, tant bien que mal, ma susceptibilité ; j'oublie un instant mon dégoût envers elle. Je cherche le canari dans la véranda et lui rapporte son eau dans un pot. À sa hauteur, avec une légère distance, je lui tends son verre d'eau. Elle renverse de suite l'eau que je venais lui apporter : « tu veux m'empoisonner toi aussi, fils de ***, qui t'envoie ? dis-le-moi, hein ! Ils croient tous ici que je suis folle, que je n'ai pas toute ma tête, ils se trompent, ils verront de leurs propres yeux, ils verront, si Dieu le veut », me crie-t-elle. Surpris par sa réaction brusque et violente à mon égard, je saute de deux pas en arrière, de peur qu'elle ne me griffe. Elle en serait capable, cette cinglée ! Je rentre aussitôt chez Diadia sous le regard moqueur de la cour. Au loin, je l'entends jacasser encore, déverser des tombereaux d'injures envers son frère, sa belle-sœur et ses nièces. Tout le monde est responsable de sa démence. À en juger par ses propos, sa famille reste coupable du nœud qui la retient dans l'indescriptible état de sa folie.

Sur le chemin du retour, je doute de mes intentions, de l'avoir maudit un jour, même un court instant. C'est peut-être ma faute me dis-je. Elle paie aujourd'hui le prix fort. Je me sens soudain pris d'un regret manifeste. Cela ne m'apaise guère de l'avoir vu ainsi. En réalité, je regrette beaucoup qu'elle ne sache plus qui je suis, peut-être que les choses se seraient arrangées naturellement ; mon esprit et son corps se seraient libérés si elle m'avait présenté ses excuses et regretté son comportement lors du départ de ma mère. Elle aurait pu enfin, après ses plates excuses, me prendre dans ses bras, alors tout redeviendrait normal : je prierai pour la légèreté de son cœur et lui rendrai son âme par mes pensées tout naturellement. Mais sa folie lui épargne toute culpabilité à présent. Ce n'est pas juste !

Diadia ne veut pas que je parle de sa sœur malade à la maison. Elle s'énerve presque quand je mentionne le prénom de mama Anta. Elle ne nomme jamais les choses qui lui échappent : elle dit que personne n'est à l'abri d'une folie, en parler, c'est prendre le risque de s'y frotter un jour.

Barra est présent, mais je ne le vois pas assez, pour ne pas dire pas du tout. Mon éloignement à Kané et ma scolarisation en ville marque le début de notre séparation.

Avant, tous les deux, nous aiguisions notre quotidien par de petits plaisirs sans fin : nous mangions, chassions, jouions, baignions, dansions ensemble sous la même pluie, nus, sous le regard de nos grand-mères qui se réjouissaient de cette complicité. Dans le quartier, nous n'étions pas les seuls gamins, mais nous avions choisi de rester ensemble, rien que nous deux, pas un de plus. Nous avions nos repères, nos secrets et quelquefois, nous prenions parti quand l'un de nous était insulté ou se bagarrait avec un autre imposteur. Nous étions des frères pur-sang !

J'imagine que mon départ de Kané n'est pas facile pour lui non plus. Nous perdions chacun un frère, un compagnon de jeu. Nous ne nous étions pas donné la peine de nous faire d'autres amis. Nous nous suffisions à nous. Maintenant que l'un de nous était parti et que nous nous séparions, rien ne serait comme avant. Il est vain de chercher le temps perdu. Le destin des enfants est l'ombre de celui de leurs parents.

Pendant ces vacances, il n'y a plus cette flamme qui nous éclairait quand nous étions bergers, sur la piste en latérite. La séparation nous a fait grandir. J'étais scolarisé et Barra s'éternisait berger. Diadia me confie qu'après mon départ, les choses avaient changé pour Barra. Rien n'était plus pareil. Ses parents n'étaient pas convaincus de le laisser tout seul avec son troupeau à la rizière. De toutes les façons, Barra n'espérait pas y retourner tout seul. Son père l'avait donc inscrit à l'école à nouveau mais il n'y trouvait pas grand intérêt. Son vieux souhaita alors l'initier à la forge dans son atelier, mais cela ne lui plaisait guère. Alors, on lui présentait un monsieur qui tenait un atelier de soudure dans la cour de sa maison. Il y apprenait en tant qu'apprenti soudeur de petites bricoles. Il savait prendre maintenant des mesures dit-il, ressouder un pied sur une chaise métallique… Il y trouvait là le plaisir d'apprendre à l'air libre dans la cour de son maître au milieu d'autres garçons.

De cette nouvelle vie en atelier, je comprends qu'il n'a plus de temps à me consacrer, moi qui suis en vacances scolaires. Les apprentis soudeurs ne prennent pas de vacances. Il passe toute l'année en atelier, contrairement à moi. Un complexe est né entre nous deux. Nos simples regards en disent beaucoup sur nous-mêmes, de ce lent et long contraste qui se dessine, à mesure que nous nous éloignons l'un de l'autre, comme de la campagne à la ville. À ses yeux aussi, je ne suis plus le même compagnon de jeu. J'ai changé. Sa perception finit par avoir raison sur moi ; il me distingue de lui-même. Je m'enorgueillis de ma nouvelle posture d'écolier et de citadin, alors qu'il demeure un apprenti soudeur et un villageois qui ne quittera probablement jamais Kané.

Je réalise que je perds l'alter ego de notre enfance. J'avais tellement de choses à lui confier, lui décrire les travers de la ville, de mon aventure loin de Kané… Plusieurs fois, je l'ai invité à la maison. Il tient promesse, mais il ne reste pas longtemps ou alors à selle sur son vélo. Quelquefois, il ne vient pas tout simplement. Ces absences me fendent le cœur. Et quand, souvent, nous nous croisons fortuitement, lui sur son vélo et moi à pied, on se plaît à discuter du bon vieux temps, de l'amitié qui nous liait. Nous évoquons nos souvenirs sous le regard des passants qui croient reconnaître une amitié en vérité brisée que les aléas du destin s'attèlent à dissiper dans le vent. Nous nous quittons heureux de notre rencontre, mais en même temps conscients de nos efforts ; nous jouons faux de la manière la plus flagrante lorsque l'un de nous rappelle un événement qui ne remonte pas à la surface chez l'autre. Nous maîtrisons nos émotions, nous les contenons.

Avant la fin de ces vacances, Barra m'invite bien à son atelier. Il espère que je le vois à l'œuvre, souder plein de petites bricoles que lui confie son maître. À mon arrivée, au seuil de la maison de son maître soudeur, il s'empresse de m'accueillir : « fais-toi discret, mon maître n'aime pas recevoir les amis de ses apprentis pendant nos heures de travail ; il nous engueulera et en fera part à nos parents qui à leur tour nous donnerons la fessée de notre vie ! » En pénétrant l'enceinte de la cour, bien habillé, je me fais tout petit sur un banc, sous un oranger. Son maître, me semble-t-il, s'est absenté un moment de la cour. Assis confortablement, je suis enfin prêt à regarder Barra à l'œuvre. Il est en train de confectionner un petit brasero qu'il vendra lui-même au marché pour se faire de la petite monnaie. Il a autour de ses yeux de grosses lunettes de soleil qui lui tombent du nez. C'est l'unique protection dont il dispose contre les multiples projections d'étincelles qui éblouissent sa vue. Sous ses pieds quelques grains de soudure se forment et se mélangent avec le sable. En le voyant à l'œuvre, je suis à mon tour impressionné, intimidé par son agilité, sa maturité à tenir une baguette à souder, tantôt avec sa main droite, tantôt avec l'autre. Il me démontre là qu'il s'impose, en somme, dans la grande cour de son maître. Peut-être comme moi à l'école, il trouve là un refuge, un moyen de compenser l'absence. Une heure plus tard, le maître revient. Le calme s'est fait aussitôt dans la cour, instinctivement. En me voyant, le maître s'intéresse. Barra me présente succinctement. À la surprise générale, il ne fait pas cas de ma présence au milieu de ses apprentis inquiets de sa réaction. Il m'interroge et semble content d'accueillir chez lui un citadin. Ensuite, il me pose plein de questions sur Kolda où il se rendait pour affaire, acheter certains types de baguettes qu'il ne trouve qu'en ville. L'attachement que m'accorde le maître plaît à Barra qui lui confie notre amitié d'antan. J'en ressens une fierté teintée de nostalgie.

Parfois, seul, il m'arrive de prendre un vélo pour revisiter la rivière, retrouver le goût des sensations exquises d'antan. Ce n'est pas loin, mais la ville a changé mes habitudes, ma bonne humeur.

Une partie de la zone de la rivière a séché. Plus d'alevins à pêcher. Plus d'animaux dangereux à éviter ! Personne ne s'y baigne. On n'y voit que de la boue morte. Les années d'inondations sont lointaines à présent. La sécheresse a fait son chemin sur ces terres jadis fertiles. Les petits oiseaux querelleurs sont éloignés de l'absence de vie. Du côté de la rizière, personne ne cultive du riz maintenant. Elle dépérit. Il semblerait qu'une rizière artificielle soit créée dans un autre coin plus éloigné, à quelques kilomètres sur la route de Saré Bourran.

L'environnement de la rizière et de la rivière est des plus déprimants. Les feuillages denses et verts des palmiers, des bananiers, des orangers se languissent des beaux jours d'une zone autrefois fertile.

De retour à la maison, je me sens seul. Je n'ai plus l'âge de monter sur les arbres fruitiers de la maison, ni la patience de guetter les mange-mils et, moins encore, de jouer avec des capsules. L'éducation à la ville rend moins candide.

Je me mets alors à tourner en rond dans la maison à la recherche d'une occupation, pour passer de bonnes vacances malgré tout.

Un jour, très tôt le matin, nous recevons la visite de Seydou, le facteur. Je ne faisais jamais attention à ses passages même après la disparition de ma mère, Mariama. Seydou était connu et aimé de tous. Il ne pouvait apporter que de bonnes nouvelles, des nouvelles qui viennent de loin. C'est un privilège d'accueillir chez soi un facteur : une lettre, ça ne vient pas n'importe où, et quand ça vient c'est forcément de loin qu'elle arrive. Il n'y en a pas beaucoup qui se vantent de recevoir Seydou à Kané ; seuls les privilégiés dont les dignes fils ont voyagé loin de la maison, à l'étranger, et qui n'ont que l'écriture pour communiquer avec le reste de la famille. Ça peut rendre jaloux, de le voir sortir d'une maison pour passer devant la sienne sans y pénétrer. Des familles sont frustrées de ne pas pouvoir accueillir Seydou, lui offrir un peu de bouillie chaude ou un beignet sucré le matin. Car le facteur peut être absent longtemps. Le centre postal le plus proche est à Gara, à une heure de route de Kané en voiture. Quand Seydou se présente à mes tantes, deux enveloppes en main, Diadia est absente. On la sollicite à nouveau pour arranger la situation d'un jeune couple qui se dispute assez souvent dans le quartier. Certaines médiations de Diadia nécessitent plus de subtilités. Elle ne cherche pas tout de suite la réconciliation mais prône le calme, la sérénité pour éviter de perdre la face, sans perdre de vue le problème du couple. Elle laisse un temps et part au marché où ses fidèles clients l'attendent. C'est seulement quand elle rentre du marché et finit sa prière du soir qu'elle se rend à son audience. Nous nous suivons, son pas mon pas, muni de notre lampe torche pour éclairer notre chemin de part et d'autre des buissons. Elle me prend témoin de son jugement. Nous rentrons alors glorieux et fiers d'avoir accompli une mission noble.

Au retour à la maison, Diadia trouve Seydou assis sur le perron, attendant sagement avec deux grandes enveloppes à la main. Elle s'étonne de voir le facteur après une longue période d'absence.

Je ne comprends pas pourquoi, maintenant que je le remarque, mais les visites du facteur engendrent toujours une tension chez Diadia. Elle craint toujours le pire en voyant le facteur. Après quelques salutations cordiales nécessaires, elle prie Seydou de rester et prendre la bouillie avec nous. Une façon de profiter et de lui faire lire le mystère de la lettre, de mettre mots sur cette langue exotique et élitiste. D'habitude, elle cherche l'heureux élu dans un autre village, à Saré Yoba, un autre village après Saré Bourran en la personne d'Ottis pour lire ses lettres. Avec un prénom comme le sien, on lui reconnaît l'instruction, le premier des premiers de Saré Yoba, nous disons-nous. Aujourd'hui, Diadia n'a pas le temps d'attendre Ottis. Elle veut connaître le mystère de la lettre avant son marché. Et pour cela, elle est prête à briser la règle qui veut que Seydou soit un bon colporteur de nouvelles à Kané. Surpris par les sollicitations de Diadia, Seydou accepte volontiers. Mais qui pourrait bien écrire à Diadia pour qu'elle se soit mise dans un tel état d'agitation ? Seydou reste plus d'une heure à la maison à lire et à relire des lettres pour son hôtesse. Diadia semble contente des nouvelles. Elle est plus détendue. Seydou avale enfin sa bouillie chaude au lait caillé. Après cela, nous partons ensemble au marché.

Au marché, comme toujours, je suscite la curiosité des marchands et des clients qui prennent de mes nouvelles et se réjouissent de me voir grandir, peut-être loin de Kané.

Ce matin-là, je ne reste pas longtemps au marché, je rentre juste avant le plein soleil. Une fois à la maison, encore intrigué par les lettres, je fouille sa chambre et tombe sur une petite corbeille remplie de lettres de toutes les tailles. L'agitation prend le dessus, je transpire des mains car j'ai conscience de l'indiscrétion commise. Sur une enveloppe blanche, au dos, je lis des inscriptions : *Mariama, Bât. D, Bellevue..., France*. Je ne me souviens plus du reste mais cette dernière mention « France » est écrite en lettres capitales avec de multiples timbres et tampons adossés au dos de l'enveloppe. En ouvrant cette lettre, je peine à lire véritablement ou comprendre le sens des mots qui s'y trouvent mais elle renferme une photo : il y a Mariama avec deux petits garçons dont l'un est assis sur une draisienne et l'autre, plus grand, debout la main sur l'épaule gauche de Mariama. Qui sont-ils ? Surpris de cette découverte, je referme l'enveloppe et la replace dans sa calebasse.

Après cette découverte, tous les jours, je lorgne quotidiennement la vieille corbeille au-dessus de l'armoire sans jamais oser la reprendre. Je n'ose plus déranger les secrets fouillis dans la corbeille.

Quelques jours avant la fin de ces vacances, un autre incident aiguise ma curiosité. Chérif, gérant d'un télécentre du marché, vient prévenir Diadia sur notre table du marché d'un appel de Mariama pour 14 h. Je crains un instant que Diadia ne me convie à cet appel. Aujourd'hui, me suis-je dit, j'entendrai la voix de Mariama dont je ne me souviens plus vraiment. Qu'était-elle devenue après son départ précipité, sous mes yeux ?

L'heure arrivant, Diadia abrège sa prière. Je ne la quitte pas. Voilà qu'elle me demande de l'accompagner au télécentre, « c'est ta maman qui appelle » me dit-elle. Nous nous mettons en route. À l'heure prévue, le téléphone sonne dans la cabine. Comme nous, d'autres attendent un appel d'un de leurs proches. Chérif, le gérant, se lève en premier et vérifie bien l'appel. « Cet appel est pour vous », dit-il. Nous entrons dans la cabine en la refermant bien derrière. Diadia tarde cinq minutes aux salutations de base et donne des nouvelles de la famille, du plus grand au plus petit. Tout le monde est demandé. Elle fait part de ma présence à ses côtés.

Sur le fil, le timbre de la voix de Mariama me semble familier, un air de déjà entendu ou même rêvé, que sais-je. Se joue alors une excitation, car c'est la première fois qu'on me parle au téléphone, que j'entends une voix qui me parle au bout d'un fil et d'un combiné. Soudain, une envie de sortir de la cabine me prend. Je repasse le téléphone à Diadia.

Longtemps j'ai cru à la mort certaine de maman. Elle a simplement refait sa vie sans nous, un nouveau mari et des enfants, voilà, c'est tout. On n'adopte pas les enfants de la précédente union, ils sont confiés aux grands-mères.

Les peines enfouies qui m'habitent, que Diadia, de toute son âme, s'efforçait de contenir, normalement, n'ont plus raison d'être. Pour la première fois, seul, allongé sur mon paillasson, le regard fixe sur le plafond, quelques couleurs non moins vives fusent.

Maintenant, je comprends la place occupée par Diadia à Kané. Son ensemble grand boubou est piqué de multiples broderies, de la tête au pied, du foulard au bas du tissu. L'ensemble est trempé abondamment dans de la gomme arabique pour raffermir l'élégance de la tenue. Ses boubous, après repassage, craquent toujours comme du papier.

En s'habillant ainsi, Diadia est la preuve de la réussite de sa fille partie à l'étranger.

À Kané, le voyage autrefois affaire d'hommes est désormais aussi affaire de femmes. Par Diadia, les Kanois vivent un exil réussi, miracle prié et espéré par chaque famille.

À l'école, comme partout d'ailleurs, je sens qu'un nœud se dénoue. Ce pays dont on fait mention capitale sur le dos des lettres semble être en rapport avec le français que nous apprenons et pratiquons à l'école. Dès lors, mon unique but est de pouvoir lire toutes les lettres de Diadia lorsque je serai en vacances à Kané ; je me passionne pour les livres pour aller à la rencontre de maman ; si elle ne vient pas à moi, je viendrais à elle ; me voilà ainsi lancé à la recherche du reflet de ma mère sur l'encre des pages.

Le domicile de quelques professeurs de langue française devient mon repère. Mon père, avec le temps, découvre mon appétit à dévorer les livres ; il m'apporte au retour d'un de ses courts séjours pour soins à Dakar, quelques livres parmi lesquelles je découvre Sartre dans *Les mots* ; la révélation ne tarde pas : la mort de Jean-Baptiste fut la grande affaire de ma vie : elle rendit ma mère à ses chaînes et me donna la liberté. Dès lors, la langue française devient mon lait nourricier, mon dessein exotique. La France devient une langue avant d'être un pays. Je laisse les lettres me pénétrer, me dominer, me guider. Elles deviennent alors mes plus fidèles amitiés car elles répondent à un besoin immédiat : je vois le portrait de maman en arrière-plan des lignes, de petites sommes de lettres, de ponctuations, de signes typographiques, qui forment un visage. Je tiens à cette rencontre. Il arrive que je n'arrive pas à percer le mystère des lettres qui me résistent ; je rebrousse chemin, tourne les pages à nouveau, reprends la discussion au début et garde le sujet, le bon bout, comme on dit, et force maman à rester avec moi. Nous sommes alors miroir, entretenons un va-et-vient incessant jusqu'à épuisement, jusqu'à ce que les lettres deviennent miennes et que le sourire de maman devienne éclat dans l'obscurité. C'est seulement à ce moment-là, pas avant, que je peux me satisfaire de ma lecture, de ma rencontre avec maman.

Parfois, il arrive que sur de nombreuses pages, les lettres sautent d'un sujet à un autre, comme si maman voulait reconquérir, à son tour, mon visage, rattraper le temps perdu ; je ne comprends pas ; je perds le bout. En valsant, toutes, les lettres me perdent ; ce n'est pas important ; l'essentiel pour nous deux est bien de maintenir le lien ; entre nous, entre maman et moi, ces lettres ne portent nullement toute la souffrance du monde, mais l'espoir.

L'esprit des Lettres contribue à me rendre maman tout en me faisant visiter le monde autour de moi. Je m'affranchis, sans coup férir, des indélicatesses du monde adulte qui m'entoure.

Mon père désire compléter mon éducation scolaire par une éducation coranique. Pour cela, il doit au préalable marquer indélébilement cette nouvelle tâche parmi ses devoirs accomplis à notre égard. Il y a un rituel prévu à cet effet. C'est l'imam de la grande mosquée du quartier qui doit acter par un rituel l'engagement paternel.

À notre arrivée au domicile de l'imam, peu après la prière du crépuscule, vers dix-sept heures passées, mon frère, mes demi-frères et moi, nous pénétrons une grande cour proprement balayée. La maison de l'imam et la mosquée sont séparées par un muret. Les enfants présents dans la cour dessinent des figures sur le sable tamisé et jouent à de petits jeux de carreaux, de *saute-saute ;* de l'autre, par un mouvement synchronisé de pilons dans le mortier, trois femmes pilent le mil à côté d'une case de cuisine, la fumée s'échappant timidement du toit paillé ; des pigeons domestiques picorent les graines de mil sautées du mortier ; sur le long du petit muret qui sépare les deux lieux, un groupe de garçons de notre âge, les uns assis sur un banc, les autres sur le muret, prennent du thé à côté de leur brasero. Ils ne se font pas discrets. Je les entends s'engueuler à tour de rôle sur un match qu'ils auraient dû emporter et rafler ainsi leurs mises de pots de *Gloria* prévues pour le vainqueur. Notre présence ne semble pas gêner ni surprendre les enfants qui continuent de s'amuser. Ils ont sans doute l'habitude de voir du monde chez eux, tout comme les mamans qui ne suspendent pas leur corvée en nous voyant.

Mon père connaît déjà l'imam. Il nous dirige vers sa case faite en bambou et en toit de chaume. Son lieu de vie est isolé par rapport aux restes de la famille. Nous le trouvons assis au pas de sa porte sur un transat, Coran entre ses mains et un long chapelet enroulé autour du bras de son transat, les pieds sur un petit banc. Il offre l'image d'un sage, d'un érudit. Je suis intimidé par la solennité de l'accueil qu'il nous réserve. Ça donne toujours l'air suspect et une issue incertaine, ces genres de solennités !

— *Assalamou Alaykoum*, lui lance mon père.

— *Alaykoum salam wa rahmatoullahi wa barakatouh*, répond l'imam.

L'imam invite mon père à s'entretenir avec lui, en privé. Juste avant cela, il appelle un garçon pour nous prêter un banc. Nous restons assis à les attendre, mon frère Ibou, Sory, Assane et moi-même.

Ils sortent quelques minutes plus tard. L'imam fait appel à nouveau au garçon pour apporter une chaise à notre père dans la chambre qu'il venait de quitter. Nous sommes maintenant, tous les quatre, assis et attentifs pour donner notre âme au saint. L'imam, un peu en retrait, prend la parole et introduit dans le même temps la signification de la chose, du parcours symbolique de cette visite que nous témoigne notre père. Par ce geste, nous explique-t-il, notre père prend comme témoin Dieu, l'Unique, Maître de l'univers et Seul Juge de la transcription de sa parole qui sera apposée sur notre main droite. Ce sceau à la main gardera une trace indélébile du devoir accompli de notre père jusqu'au jour du jugement dernier. Il incombe aux pères, finit-il, d'instruire leurs enfants aux traditions islamiques — la lecture du Coran, les rites islamiques, la sunna, la connaissance de la vie du

Saint Prophète de l'islam — car ils seront interrogés sur ce devoir à l'égard de leurs enfants le moment venu.

Je comprends qu'en procédant ainsi, mon père se décharge de ce fardeau, de ce poids qui pèse sur ses épaules. De notre côté, toujours sur le banc, nous demeurons silencieux. Nous évitons de nous regarder de peur de transmettre un mauvais pressentiment. Une piqûre de moustique ne nous aurait pas émoustillés. L'imam continue son discours intimidant. Il nous encourage à suivre scrupuleusement l'enseignement coranique. Car ce sera également à notre tour d'en faire autant avec notre descendance. Ces mots me paraissent exagérés. Pour finir, il hèle à nouveau le garçon pour qu'il lui rapporte sa bouteille d'encre, un bout de bois taillé en plume et son ardoise :

— Qui est l'aîné de la famille ?

— Moi, se présente Ibou en levant timidement le doigt.

— Approche-toi !

Mon frère s'exécute. Il s'accroupit entre les pieds de l'imam qui lui saisit la main droite prestement : « n'oublies pas, qu'il lui précise encore, cette main droite est celle qui donne et qui reprend. Elle sera témoin de ce jour, sous mon toit, moi, Abdourahmane Kane, l'imam Ratib de la grande mosquée de Kolda, au jour du jugement dernier. Tu ne pourras rien démentir, ni invoquer ton ignorance ou ton oubli, car Allah me sera témoin *inchallah*.

Mon frère hoche timidement la tête. L'imam y appose une inscription en arabe sur sa main qu'il lui demande ensuite de lécher. Ce qu'il fait aussitôt. Vient mon tour, maintenant. Je prends volontiers cette place de second avant les autres. L'imam cueille ma main, comme pour mon frère, et dit les paroles, cette fois-ci, à voix basse. Il me demande si j'ai bien entendu ce qui venait d'être dit. Même si je ne vois pas en quoi tout cela consiste en ce moment précis et avant même que je réponde, l'inscription est tracée sur ma main. Il me faut ensuite faire passer ce poison par ma langue. Comment faire ? J'hésite. Je regarde mes mains toutes poussiérées et je sens l'encre m'échapper, me couler sur la main, les inscriptions qui s'effritent ; je n'ai d'autres choix que de m'exécuter sous le regard intimidant de mon père et l'assistance. Je finis par lécher ma main non sans surprise. Le liquide passe mal. J'ai peur de dégueuler le témoin. Que dois-je faire ? Je domine ma salive pendant que mes autres demi-frères passent à leur tour. Ils semblent plus aimer le poison et ne semblent pas préoccupés par la saleté de leurs mains : ils lèchent par deux fois celles-ci. La cérémonie finit par des prières. Notre père sort le sachet de kola plus quatre paquets de sucre en morceaux prévu à cet effet. L'imam convie les garçons du thé à se joindre à nous pour formuler les dernières prières. Les femmes se joignent à nous en rapportant des boules de farines de maïs sucrées. L'envie de vomir disparaît. Nous sommes à présent pendus à un sermon qui nous lie avec le divin tout en libérant notre père du temporel.

En revanche, l'imam est peu disposé à nous prendre en apprentissage. Il a à son actif plusieurs talibés. Il suggère à mon père de faire appel à un vieux peulh, Demba, qu'il connaît et qui fréquente la mosquée. L'imam lui fait confiance pour la qualité de son enseignement. Demba habite loin mais accepte de nous prendre avec lui. Désormais, nous consacrerons tous les mercredis après-midi et les dimanches matin à l'apprentissage du Coran.

Avec Demba, j'apprends très vite à ses côtés. J'avance plus vite que mes autres frères. Le vieux me confie alors à sa fille aînée pour le seconder. Je reste quelques mois avec elle et apprends à lire et à écrire l'arabe, à mémoriser par cœur quelques sourates du Saint Coran.

Quelques mois plus tard, au début des travaux champêtres, Demba retourne aux champs avec sa famille pour défricher le champ familial aux premières heures de l'hivernage. Il n'a plus beaucoup de temps à nous consacrer. Notre apprentissage est limité uniquement le vendredi soir, jour de son repos.

Avec la légèreté du vendredi, nos cœurs se sont endurcis avec la fin de l'année scolaire. Nous ne pouvons plus continuer régulièrement nos cours d'apprentissage du Coran. L'argument selon lequel notre maître coranique était très occupé dans les champs a convaincu mon père de nous accorder du répit. Nous voilà maintenant, nous écoliers, libres de tout engagement extra-scolaire.

Je retourne en vacances chez Diadia. Là-bas, je renoue à nouveau le contact avec maman. Nabou, avec un second enfant dans les bras, a accepté de se marier finalement avec le père de ses enfants. Diadia ne voyait plus d'inconvénients à leur union.

Barra aussi est présent. Il n'est plus un apprenti soudeur. Il travaille maintenant dans un atelier de soudure où il est lui-même formateur des derniers arrivants. Il me confie qu'il prend lui-même ses propres commandes. Il se sent privilégié à cette place. En grandissant, nous avons tous les deux su comment entretenir notre relation amicale sans aucune jalousie. Nous nous sommes vus plusieurs fois lors de ces grandes vacances.

La cour de Diadia se vide peu à peu de ses membres et de son harmonie. Ses filles, toutes mariées, sont parties.

Bientôt, ce sera peut-être mon tour de lui faire mes adieux à la fin de mes vacances scolaires. Je passerai mon bac et entrerai en faculté, à Dakar, loin de tous, mais surtout de ma tendre et chère Diadia.

Au lycée, pour cette dernière classe de terminale, nous constituons un groupe d'amis. Je rencontre Bafou et Makou. Nous nous connaissions de vue, mais nous ne nous fréquentions pas avant. Nous formons alors ici, en classe, dans la grande cour du lycée, tout comme hors des murs, un trio inséparable.

Makou est l'animateur de nos discussions autour du brasero. Grand loustic à multiples facettes, moqueur, il veut toujours avoir raison. Nous le nommons *périmpérin*, c'est-à-dire « homme dont la langue est sans retenue ». Bafou, lui, a du répondant mais il est loin d'être à la hauteur pour Makou. Moi, n'en parlons même pas, je suis le plus en retrait de nous trois et on ne fait appel à moi que pour être juge de propos ou arguments tenus par l'un ou par l'autre.

C'est souvent autour des « trois normaux quotidiens », brasero au milieu, que les débats naissent. Ce sont là pour nous de grands moments amicaux. Tous les sujets sont abordés, principalement les filles. Quand Makou se lance, Bafou, sans l'interrompre, écoute sagement comme pour acquiescer à ses dires, mais il n'en est rien ; il le remet à sa place ensuite, une opposition systématique s'engage entre les deux. Harassés, ils se tournent vers moi pour les départager. Les disputes théâtrales me sont inaccessibles. Je m'efforce tant de les feindre. Cette indifférence que j'accorde aux débats coupe souvent net à la dispute entre Makou et Bafou. J'en sors toujours un petit peu amoché.

En classe, je partage le banc avec Bafou parce qu'il parle peu et est profondément discret dans son attitude. Sa langue n'est pas bien pendue. Makou est assis derrière nous. On l'entend jacasser, taquiner, assez souvent dans notre dos. Il ne peut décidément pas tenir sa langue ! Bafou est passionné de mathématiques. Les chiffres lui parlent et il se réserve la meilleure note de la classe pendant les devoirs. Les mathématiques sont pour moi un mystère ; c'est aussi des moments de grande détente en classe. Autrement dit, je n'attends pas miracle, un sursaut d'intelligence suprême en mathématiques. Toute la classe s'étonne de voir les notes de Bafou se maintenir à leur niveau alors que les miennes battent le record de la plus petite moyenne en étant assis à la même table.

Makou, lui, est passionné d'histoire et de géographie. Sa mémoire tout comme sa langue lui sont infaillibles. Nous sommes tous impressionnés par ses qualités de mémoire. En histoire, demande-lui sur la conférence de Yalta, qui y a assisté et pourquoi, il te dira tout. On aurait cru qu'il était assis à la table des négociations avec ces hommes qui ont marqué l'histoire. Il connaît les dates des grands événements sur le bout des doigts. Il se passionne beaucoup pour la révolution chinoise notamment en la figure de Mao Tsé-toung. On le surnomme aussi Marx en classe car il nous fait état, à travers la pensée de Mao, la dictature du prolétariat sur les autres classes comme modèle à adopter dans notre petite contrée, à la toute petite échelle du quartier. Selon lui, ce serait une expérience formidable. Ces envolées lyriques autour du brasero nous font marrer ; quelquefois, il se plaît avec beaucoup de peine à désigner qui est prolétaire et qui ne l'est pas dans notre quartier. Il faut reconnaître qu'il est toujours de bonne humeur, prêt à raconter sa vie à qui veut l'écouter et l'entendre. En géographie, il se passionne pour le nom des capitales des pays et bien d'autres choses. Je me souviens encore de Kuala Lumpur comme seul nom de capitale à retenir à cause de sa récurrence dans ses questions et parce que ça me paraît bien exotique comme nom de capitale.

Moi, je n'ai de passion que ce qui me retient à la vie, ce qui me redonne le souffle : les livres. Ceux-ci leur paraissent inaccessibles car mes deux gars n'en voient pas l'utilité. C'est terrible comme les livres manquent dans ce coin. Et quand mon père m'en rapporte des bouquinistes de Dakar, mon prof de français se hâte souvent de me les emprunter et après plus rien. Il garde le livre pour lui. Il me prend pour son pote et son libraire. On a tous les deux trouvé le secret des lettres qui nous transcendent, supportent le poids du passé et donnent un ton à un avenir plus réel qu'imaginaire. Voilà tout. Après cela, tout devient accessible, supportable, car on se souvient, le monde se souvient, de cet esprit qui nous traverse et nous nourrit de siècles de lumières.

Makou ne voit aucun intérêt à la lecture. C'est un homme du concret, du pragmatisme chinois dit-il. Et lire, pour lui, c'est perdre du temps ! Bafou est plus ouvert. Il se laisse tenter quelquefois par mes lectures. Il arrive qu'il me demande de lui prêter un livre. À vrai dire, je n'aime pas prêter mes livres. Je n'ai aucune garantie du soin qu'il apportera à ce livre sans l'écorner. Quand je suis tenté de lui prêter un livre, il le garde assez longtemps au point de me faire croire qu'il l'a perdu. Ce qui me fout en rogne. Il le sait. Avec lui, je ne sais jamais s'il a lu le livre ou pas. Il détourne la conversation chaque fois.

De cette période au lycée, je me passionne également pour la photographie. Mon oncle Moussa, après une longue absence en France, a bien voulu me laisser son appareil photo pour cadeau. Cet appareil ! Ô combien il fait mon bonheur au lycée ! Cette découverte me rapproche des gens soucieux de se faire une image sur une carte en couleurs. Avec les photographies sans grande prétention, je m'invite aux cérémonies de mariage ou de baptême dans le quartier. Dans ces fêtes, je m'enorgueillis de mettre les figurants en scène quand ils sont en groupe, souriants, en « pleines-dents ». En revanche, certains figurants préfèrent se détacher du groupe pour figurer seul sur leur photo. À cet instant, ils se sentent privilégiés, car la photo reste encore un luxe pour d'autres. Qui aimerait montrer un album ne contenant que trois photos ? La photographie est la jumelle du miroir. Elle ne laisse apparaître que ce que l'on consent voir ou décrire. On ne pense jamais immortaliser les moments de malheur ou de désespoir. L'instant de la photo témoigne d'une vie souriante malgré le temps. Ces moments sont pour moi de pur bonheur. Je me mets en scène aussi, tel un artiste peintre devant sa toile qui entrevoit l'évolution de son tableau, qu'il sent comme un cœur qui bat. Grâce à ce talent de photographe qu'on me reconnaît volontiers, je ne manque pas véritablement d'argent au lycée. Je monnaie mes portraits à moitié prix du marché et je ne demande pas à être payé d'avance avant reproduction. Je ne suis qu'un amateur après tout et un amateur ne saurait égaler un professionnel.

Mon appareil photo donne l'occasion de m'affranchir de mon air discret. Cette année, pour la première fois, je participe à une ouverture de foyer du lycée. Une sorte de festival qui dure soixante-douze heures, le temps d'un long week-end. Il y a beaucoup d'animations, des ateliers de toutes sortes, des matchs de football interclasses entre garçons, d'une part, et entre filles, d'autre part. Un concert boucle la boucle. À cette occasion, un groupe de jeunes filles m'invite à les prendre en photo. L'une d'entre elles tire une chaise discrètement et s'assoit sur le côté alors que les autres sont toutes debout, attendant patiemment ma mise en scène. Je suis intimidé par ce geste. Après quelques arrangements nécessaires pour réussir un bon cliché, au moment du flash, la fille détourne le regard. Après la prise, elle se relève de sa chaise et se tient debout sans un mot. Nos regards se croisent. Son regard me perce et je suis déjà conquis. Je crois que j'aime déjà cette fille que je ne connais pas encore.

J'ai vu plusieurs fois Bafou et Makou sortir avec des filles dont ils se séparent au bout d'un certain temps. Ces amours qu'ils sanctifient autour du brasero ne durent jamais longtemps. Cela me gêne car je me lie d'amitié avec ces filles qui ne feront plus partie des débats autour du brasero, après la rupture. Les discours de Bafou et Makou changent constamment. Pour ma part, je me préserve toujours de ces prouesses. Je me méfie de ces changements qui interviennent soudainement et qui donnent l'illusion que rien ne dure jamais longtemps, que rien ne sera plus comme avant. Je crois encore que les sentiments amoureux sont aussi vacillants que le cœur des hommes qui les portent.

Perdu dans mes peurs et dans mes pensées, je perds la trace de la divine. Elle se fait discrète ou alors elle n'aime pas la foule, tout comme moi, comme me le rappelle Diadia.

La semaine d'après, au retour des classes, j'ai hâte d'en découdre. Il faut avancer *tinki-tinki*, me dis-je. Je ne veux pas ébruiter non plus auprès de mes gars cet engouement qui m'habite. Ils peuvent tout foirer et me mettre dans l'indélicatesse, car ils font tout dans la précipitation. En développant ma pellicule au studio photo du Centre, je revois la fille, magnifique, l'air fuyant et dégageant par sa posture sur la chaise quelque chose d'infiniment mélancolique. En me renseignant, je découvre qu'elle s'appelle Saly Hann. Que dois-je faire ? L'approche directe m'effraie et donne l'air déterminé et sûr de soi. Je n'en suis pas capable. Un temps, je m'autorise à penser que je devrais lui écrire une lettre d'amour. C'est plus confortable. Après de multiples tentatives et d'approches peu convaincantes, je me résous à aller vers Saly quand je la vois assise sur un banc, seule, un après-midi de récré. En me voyant venir, elle sourit timidement mais je perds la moitié des mots qui me tiennent en veille les nuits et que je me répète avant une rencontre. Elle est tellement proche dans mes pensées, ces soirs de répétition que je ressens sa présence à mes côtés. Jamais les nuits n'ont été si paisibles et réconfortantes que dans ces rêveries dédiées à Saly. Sans détour, pour ne pas perdre l'usage de la parole, je lui dis : « je suis amoureux de toi et je voulais que tu le saches ». Elle semble flattée, je pense, de par son étonnement souriant. Mais, elle n'a pas eu le temps de répondre, nous sommes interrompues par ses copines de classe. Je disparais rapidement mais fier de m'être engagé frontalement. Mon retour est jubilatoire : je pense à Karin et Roger dans *l'Autre* de Julien Green. Karin a envie de crier victoire, d'avoir séduit timidement Roger, mais elle se contient, de peur d'apparaître extravagante. Là, c'est moi ! En réalité, quand on rentre tardivement dans la vie pour ces choses-là, on a peur de se dévoiler ou d'être dans l'excès : je m'imagine prendre Saly par la main dans la cour du lycée, en dehors et partout où l'amour nous mènerait, bravant la timidité et la foule prête à nous mettre au menu des discussions.

Quelques semaines plus tard, Saly me répond que ma démarche était surprenante et brève, mais qu'elle veut bien prendre du temps de réfléchir à ma proposition de vouloir sortir avec elle. Naturellement, comme je le pressens, je n'ai plus besoin de chercher Saly dans la cour du lycée. Nous nous entendons et nous nous voyons toujours au loin. Nous sommes à l'unisson maintenant. Un jour, je reçois sa visite contre toute attente et l'assistance de la cour s'étonne de me voir en compagnie d'une fille. Je pense nous offrir une tranquillité mais ça donne toujours l'air suspect qu'un garçon s'isole avec une fille. Saly remarque mes divagations. Nous sommes en avril et c'est encore la saison des mangues. Je lui suggère de m'accompagner au jardin des mangues vers l'ancienne piste de l'aérodrome. L'idée de nous voir marcher l'un à côté de l'autre la ravit. Avant d'arriver au jardin des mangues, nous salissons nos chaussures de latérite sur la piste de l'aérodrome où rien n'atterrit plus depuis belle lurette. Au jardin, les mangues sont de toutes espèces et de toutes les formes : petites, grosses, jaunes, vert pâle... La plupart d'entre elles sont greffées et je préfère de loin *les mangues chinoises*. Nous ne sommes pas les seuls à fréquenter le jardin. Il y a du monde sur les hauteurs des manguiers. Certains utilisent de longues tiges de bambou avec au sommet une lame pour cueillir les mangues, tandis que d'autres s'arment de pierres pour les atteindre. Je ne suis pas agile des mains mais j'ai de quoi acheter quelques mangues pour cent francs. Nous choisissons et emportons avec nous nos mangues dans un sac. Nous nous dirigeons ensuite vers la rizière à côté. Saly mangeait déjà ses mangues. Je ne touche pas les miennes parce que je ne veux pas me salir les mains. Saly, elle, ne se gêne pas. À cette saison, la rizière est nue. Il n'y a pas encore de plants de riz sur cette vaste étendue avant l'hivernage ; c'est le lieu de pacage et de pâture des vaches qui fertilisent la terre par leurs bouses. Nous nous asseyons près d'un gommier.

Quand Saly finit de manger sa troisième mangue, elle s'essuie les mains sur les petites feuilles d'arbustes sauvages sèches qui nous jalousent la taille. Aussitôt fait, elle se relève discrètement, me fixe du regard, sans détour, et me dit :

— Je suis prête !

— Je ne comprends pas, lui dis-je ;

— Si tu comprends, poursuit-elle.

Là, elle n'a pas les yeux qui fuient. Elle me dévisage longuement et sa timidité pressentie ou dissimulée disparaît. Cette soudaine approche me surprend. Alors que je demeure interloqué, à réfléchir comment réagir, Saly s'avance tout près encore et pose ses lèvres sur les miennes. Cet instant, en réalité, ne dure que deux secondes.

— Penses-tu maintenant que nous sortons ensemble ?

— Oui ! sans aucun doute.

Pour la première fois, me dis-je, je réponds avec autant de clarté. En règle générale, je préfère prendre mes distances, me mettre en retrait pour ne pas me confronter vraiment au réel ; les généralités en tout sont une belle façon d'assumer sa lâcheté.

L'examen du baccalauréat approche. Il nous reste quelques semaines avant l'épreuve finale. Le programme d'histoire est trop chargé et nous n'avons pas fini le chapitre sur les probabilités en mathématiques encore moins le chapitre de philosophie consacré au libre arbitre. L'année scolaire, à ses débuts, a subi diverses perturbations liées aux grèves interminables. Tantôt ce sont les élèves qui soulèvent le mouvement à cause du manque de profs dans certaines classes de seconde ou de première. Solidaires, comme c'est le cas toujours, toutes les classes, à l'initiative du président de foyer, observent des jours de grèves qui peuvent s'étendre sur quelques semaines. Tantôt ce sont les enseignants vacataires qui réclament leurs indemnités non perçues à temps. En y rajoutant les deux semaines de vacances de Noël et de Pâques, nous perdons ainsi à peu près huit semaines ou plus sans être en classe. Nos professeurs de ces trois matières s'activent pour boucler le programme entier de cette année. Ils nous convient tous à des cours de rattrapage.

En plus des cours de rattrapage en classe, Makou et Bafou organisent de petits groupes çà et là, en petit comité, pour réviser ensemble différentes matières. Il s'agit principalement d'histoire, de mathématique et quelquefois de philosophie.

Mes révisions en histoire ou en géographie, je l'avoue, je les ai consacrées à Julien Green. Dans *l'Autre*, je découvre la haine, la suspicion froide que portent les hommes en temps de guerre. Où se situe notre humanité ? Encore, dans *les Épaves*, je découvre la Seine, fleuve mélancolique, fascinant, qui retient la lumière comme au fond d'un puits creusé dans la latérite.

Le trio que nous formons éclate après le baccalauréat. Makou obtient une bourse pour Saint-Louis. Bafou, le plus doué parmi nous, échoue et s'abandonne dans une trêve à la prière à la mosquée. Dieu ne l'a pas écouté, se plaint-il. L'échec lui dérobe la foi. Nous ne savons plus comment y remédier.

Je pars à Dakar et m'effraie de ce changement nécessaire ; je suis le conseil de mon père et j'opte pour des études juridiques. Maintes fois, j'ai assisté aux audiences publiques du tribunal pendant les mois de ramadan pour oublier les gargouillements de mon ventre, l'angoisse du temps qui semble s'arrêter avant de nous délivrer par la rupture du jeûne.

Au tribunal, dans la salle de plaidoirie, trois grands ventilateurs, aussi imposants par leurs mouvements que les trois juges présents à l'estrade, sont suspendus au plafond. Ces épaves font plus de bruit qu'elles n'apportent d'air frais car les portes restent entrouvertes de part et d'autre.

Il y a une affaire qui me remonte à l'esprit et qui m'a sûrement beaucoup marqué ; elle opposait deux hommes dont l'un bien plus fort, à l'allure d'un lutteur du dimanche, s'était fait casser le bras par un autre homme plus petit, mais vif. Ce dernier protestait du fait qu'il avait perdu la face devant ses deux femmes et qu'on ne vient pas réclamer une dette dans la propre cour de son débiteur et en public.

À Dakar, je loge chez ma tante Aminata, la petite sœur de mon père. Je ne la connaissais pas avant. Elle vit avec ses deux enfants qui font des études d'économies à l'université Cheikh-Anta-Diop. Leur père Moussa est enseignant à la retraite ; ma tante, elle, officie toujours en tant que sage-femme d'État dans un centre de santé de la banlieue.

Ici, on habite dans une banlieue dakaroise, à la Cité des Filaos. J'aime déjà cet endroit à cause de sa proximité avec l'océan proche dont les dunes de sable et les filaos nous privent de la vue. On entend le bruit des vagues qui viennent s'abattre sur le rivage. Au début, je m'étonne souvent du bruit du ressac qui ne s'arrête jamais. Les riverains de la Cité ne semblent plus prêter attention à ce voisinage, par la force de l'habitude. C'est la première fois que je vois l'océan de si près. Quelquefois, le matin, entre dix et onze heures, je me promène sous les filaos. L'océan déborde de vie, s'agite au gré du vent au large avant d'atteindre la plage. Je n'ai jamais réussi à l'affronter en solitaire, à entrer en intimité. Ce que je crains le plus, c'est surtout son horizon sans limite, ses reflets en plein midi, le sentiment de se suffire à lui-même. Le vide de ses abysses me terrifie. Je me demande toujours ce que cache sa surface sous les fracas des vagues.

Je voue une admiration démesurée à ma tante Aminata. Elle porte en elle quelque chose d'infiniment inépuisable : l'image d'une maternité réussie. De liens forts se nouent entre nous, tout de suite. Elle me donne une place dans sa demeure, au milieu de ses enfants et veut que je ne manque de rien.

En m'accueillant ainsi, sans artifice, avec une sincérité profonde, ma tante redonne vie à cette intuition, le trait marqueur qui m'habite dont seul Diadia a peut-être la clé. La peur de l'inconnu et du *partir-loin* s'évanouissent. Ces multiples attentions dont je fais l'objet m'amènent à sortir mon appareil photo, mon unique arme de séduction. Je sens le besoin de capter et rendre éternel les instants partagés avec ma tante, rendre grâce à ce qui la propulse au quotidien dans la lumière. Elle porte avec elle, un vent de parfum apaisant, une aura qui ne la quitte jamais. Comme après une longue promenade, on soupire : je me suis enfin retrouvé, mes idées sont en place.

Je prends ainsi plaisir à la photographier, cette fois-ci pas pour les mêmes raisons que d'habitude. Je la convie à poser dans sa cour, dans son salon, sur tous les angles et pour toutes les circonstances possibles avant son travail, au retour, les week-ends ainsi que les jours de grande fête.

Je ne manque jamais une occasion de saisir son instant, ses grandes matinées d'élégances. Elle emplit, elle aussi, mes clichés et prend délicatement la pose. J'œuvre pour magnifier sa prestance car pour moi, elle représente la mère divine.

En octobre, quelques semaines après notre rentrée universitaire et juste avant les fêtes de fin d'année, une grève générale éclate à l'université et affecte toutes les facultés. Les étudiants évoquent le non-versement de leurs bourses scolaires et d'autres revendications. Je n'ai jamais su m'intéresser aux mouvements scolaires. Satou me plaignait pour cela. Car j'étais toujours le premier à rentrer à la maison en temps de grève, au collège comme au lycée. J'évite de me mêler aux manifestants par crainte du bruit et de la fureur de la foule, mais aussi des charges violentes de la police.

Je prends plaisir à me promener au marché hebdomadaire d'à côté à la recherche de livres auprès des « libraires-par-terre » au milieu des gaz d'échappement noirs des véhicules hors d'âge. À Dakar, il faut apprendre à cohabiter avec la pollution. Dans ce tohu-bohu, tout le monde a l'air pressé. Loin de Kané et de Kolda, ici, le temps est précieux, un luxe que tout le monde veut s'offrir. Certains passagers de ces transports d'un autre siècle sautent d'un « car rapide » à un autre. J'assiste à ce spectacle dépaysant comme un petit villageois qui découvre la grande ville, s'émerveillant davantage de la nouveauté en tentant tant bien que mal d'apprivoiser ce nouveau monde.

C'est aussi ici la première fois que je sors de chez moi sans croiser quelqu'un que je connais ou qui me reconnaît. Il y a un vent d'air frais dans l'air. Une liberté apprivoisée délicatement. Légèreté du corps et de l'esprit, voilà les premières sensations d'un étudiant loin de son environnement habituel, loin des parents, des oncles, des tantes, des amis de ceux-ci, ceux-là, qui scrutent nos moindres faits et gestes au quotidien. On demeure comprimé par la masse sans cesse ; je me dis, dans une certaine mesure, que ce n'est pas si mal que ça finalement.

Plus tard, nous retrouvons les amphithéâtres ainsi que les classes de travaux dirigés plus réduites après quelques semaines de grève. Tout semble rentré dans l'ordre. Certaines revendications ont pu être entendues, d'autres sont suspendues. Les bourses sont prêtes à être versées à chaque étudiant pensionnaire.

Je retrouve ma chambre à l'université. Les lits disponibles sont rares. Certains étudiants non boursiers bénéficient d'une colocation qui n'en est pas vraiment une mais un effet de la solidarité estudiantine ; dans cette communauté, tout étudiant connaît un frère ou un ami en difficulté. Nous voilà à deux sur un lit une place, à dormir tête-bêche. Tout de suite, je sens la routine s'installer : dès le réveil, c'est la course vers les douches où une queue se forme d'instinct, ensuite au restaurant du campus pour le petit déjeuner avant de filer vers les amphithéâtres. À midi, le réflexe est le même, arriver en premier au restaurant ; ensuite l'après-midi les cours ; le soir encore au restaurant, avant d'échanger avec mon hébergé le contenu de nos chaussettes sous la couverture.

La routine est un mal pour l'esprit qui s'accommode très facilement de sa dérive. La vie d'un étudiant modèle m'épuise. Je me fatigue déjà de mes allers-retours, entre la cité et la fac et Kané me manque terriblement.

Je ne tarde pas à reconsidérer ce choix de me retrouver en milieu isolé, au campus. Un mercredi après-midi, après deux semaines de présence seulement au grand pavillon A, je décide de rentrer avant le week-end. Je me sens comprimé, bouffé par ce milieu où toute intimité est proscrite à cause des allées venues incessantes dans la chambre. Je n'arrive plus à lire ni retrouver une solitude un court instant. On dit de ces résidences qu'elles sont uniquement destinées à dormir la nuit. Elles ne sont adaptées ni à la sieste les après-midis, ni à la lecture.

En sortant sur l'avenue Cheikh-Anta-Diop à 15 h, je monte dans un des « cercueils ambulants » qui se dirige vers la poste centrale. Ce n'est pas mon chemin. Tant pis, je trouverai le moyen de rentrer à la Cité. Pour l'instant, ce qui m'importe c'est de souffler loin du campus. Dans le car, content de me retrouver dans ce bordel organisé, je croise le regard insistant, bien plaisant, d'une fille. Qu'a-t-elle à me fixer ainsi, sans détour et sans complexe ? Il paraît qu'ici, à la capitale, les gens ont une liberté de mœurs qui expose à tutoyer la tentation très vite.

Je descends de la poste centrale jusqu'au grand marché, très animé, de Sandaga ; puis je me dirige vers Petersen pour y prendre un car avant l'heure de pointe. Lorsque j'arrive, le car est déjà plein. Je m'y engouffre quand même. Le temps de rêvasser debout me manquait. Le trajet en devient long ; l'ennui prend place et on en veut au chauffeur à cause des arrêts fréquents pour ne laisser personne derrière lui. Avec la chaleur agressive, l'air se charge des odeurs entremêlées des corps, à la fin d'une journée épuisante. L'effet produit ne m'est pas désagréable et, curieusement aussi, il me manquait.

Ma surprise est grande quand soudain, derrière deux passagers, je croise à nouveau le regard de la fille du car précédent. Elle est là, debout, comprimée au milieu de la foule, elle aussi ; d'une main, elle se retient à la barre. Est-ce une coïncidence ? L'attrait sublime de son regard semble me convier.

Je me souviens encore des yeux de Saly, son regard qui m'étourdissait, et dont je n'ai plus les nouvelles depuis que j'ai quitté Kolda à cause de la distance. Diadia dit que je suis un beau garçon, mais on ne peut jamais se fier à sa grand-mère ; elle est capable de retourner la terre entière pour vous faire plaisir. L'esprit imaginaire est fécond mais absurde et même suicidaire parfois. Je m'imagine usurper un être que je ne suis pas, que je jalouse sans doute au plus profond de moi. Pour moi, l'âme sœur porte le flambeau d'un amour idéalisé, qui ne saurait répondre autrement que par l'absence. Le regard de cette fille tente-t-il de me confier, ses envies, ses désirs secrets ? Je mets ces fantaisies sur le compte de ma propre imagination, comme un écho de mon propre désarroi. Je ne me sens jamais à la hauteur de quoi que ce soit. J'ai parfois l'impression de mener un combat à double front : extérieur et intérieur.

Elle se prénomme Mina. Elle vit à Pikine depuis sa naissance et n'a jamais quitté son quartier. À part le wolof, elle ne comprend et ne parle aucune autre langue. Je lui confie à mon tour que j'en parle au moins cinq. Elle s'en étonne. J'en suis fier. Nous poursuivons notre discussion longuement. Mina poursuit des études en littérature et civilisation anglophones à la Faculté des Lettres. Quelle drôle d'idée, pensé-je, non méchamment ! Dans notre discussion, elle se prend d'intérêt pour ma région natale, Kolda. Nous parlons alors de moi comme si je venais d'une autre contrée lointaine dont elle n'avait jamais entendu parler. Je lui fais remarquer mon dépaysement ici, la vitesse à laquelle les choses se font, le nombre de voitures et de la pollution sur la route... Elle remarque assez vite mon accent du sud. Sa voix me touche moins que son visage, et surtout ses yeux exaltants. J'aurais préféré que nos regards se tutoient en silence. Nous arrivons au bout d'une ruelle où elle rencontre une dame qui nous interrompt et avec qui elle discute de je ne sais quelle fête prévue pour ce samedi. Je profite de cette occasion pour me retirer. Parce que je ne sais pas trop comment on doit se quitter en pareilles circonstances. Lorsque je la quitte, elle me lance qu'elle aura cours après-demain, le matin, et qu'on pourra manger ensemble à midi si j'accepte. Je lui réponds par un signe : mon pouce droit dressé.

En février, maman exprime le souhait de me rappeler auprès d'elle. Elle m'incite à faire une demande de pré-inscription dans une des grandes universités françaises, soit à Grenoble ou alentour. Cette idée me ravit le cœur car en ce moment, je pense beaucoup à elle ; elle me manque tellement.

Avant notre session d'examen de juin, je suis accepté à l'académie de Grenoble, pour mes études de droit en France. Occasion inespérée d'atteindre ce dont j'ai toujours rêvé : retrouver cette mère si tôt partie, découvrir le monde qu'elle habite. Son regard enfin posé sur moi pansera la blessure de son départ. Mon monde serait alors le plus beau des mondes, me dis-je.

Il me faut avant tout valider cette année à l'université Cheick-Anta-Diop de Dakar avant d'entreprendre les démarches administratives pour obtenir un visa étudiant. Tout se passera bien, j'en suis convaincu.

À la fin des examens, avec une détermination folle, je suis admis pour une deuxième année de droit.

Deux semaines plus tard, j'obtiens un rendez-vous à 14 h au consulat de France pour déposer ma demande de visa. Ma mère avisée, me conseille de faire bonne impression au jour J : je dois porter un ensemble neuf, pantalon et chemise comprise, aller chez le coiffeur, présenter la meilleure mine de l'année, être présentable aux yeux des services consulaires et non pas donner l'apparence, que je traîne quelquefois, d'un chien battu.

Aux guichets, dans la salle d'attente du consulat, il règne un calme inquiétant. On entend une mouche voler. De nombreux candidats sont présents pour obtenir le fameux sésame. Nous sommes tous intimidés et angoissés à l'idée d'un refus. Chaque candidat au voyage tient à classer ses dossiers dans l'ordre, les mains moites. Des papiers qui s'éparpillent sur le perron ; l'angoisse prend le dessus. Les nécessiteux n'ont pas vocation à voir plus loin que le bout de leur nez, entend-on, les candidats au départ sont si nombreux que la France ne saurait tous les accueillir. Les prétendants arrivés au stade de la demande de visa, sont convaincus d'avoir une chance. Nombre d'entre eux verront leurs dossiers rejetés sans motif, sans explication, car les services consulaires ne motivent pas leurs décisions. Ceux qui obtiennent le fameux sésame sont toujours les privilégiés, dit-on. Le suis-je ? Je ne sais pas encore, mais la France m'habite : je demeure serein en attendant qu'elle me reconnaisse.

Deux guichets sur cinq sont ouverts. Derrière le premier, il y a un homme mince, bien décontracté derrière son bureau, avec une forme d'amabilité faussement rassurante qui n'augure rien de bon à l'égard des candidats au voyage. Derrière l'autre, un homme bien en chair qui arbore une grosse barbe ; il tire sans cesse sur sa cigarette et prend l'air débordé, agacé ; il compare les copies avec les originaux, les classe dans une pile de dossiers avant d'appeler sans ménagement un autre candidat. Tout cela ne présage rien de bon encore. Cela doit être difficile, je suppose, de traiter les uns après les autres des dossiers dont chaque pièce suscite la suspicion. Ici, il faut avoir besoin des « papiers » pour s'en soucier. Le visage de l'accueil à la française commence là, dès les premières rencontres avec son administration.

Vient mon tour au guichet 2 dont l'occupant semble de plus en plus débordé et agacé :

— Pourquoi voulez-vous aller en France ?

— Pour les études monsieur !

Il se penche sur mon dossier, retourne les pages et remarque que ma mère vit en France.

— Elle fait quoi comme travail votre mère ?

— Je ne sais pas monsieur !

Refusé ! voilà tout bonnement ce qu'on me dit trois jours plus tard pour ma demande de visa. Je n'ai pas le droit d'aller en France, ni pour mes études, ni pour voir ma mère. Je suis sous le choc, anéanti par cette décision inattendue.

Je comprends alors que je ne verrai pas maman encore. Le doux rêve de son parfum n'agrémentera pas mon quotidien. Je ne reconstituerai pas l'instant d'avant notre séparation.

Ce refus de visa étouffe mes espoirs. C'est un échec que je vis mal. Pourquoi me le refuse-t-on ? Je pense avoir fait le nécessaire, maman aussi. Il semblerait que ce ne soit pas suffisant. Que faire alors ? On me suggère d'adresser un recours au consul pour qu'il reconsidère cette décision absurde. On est au début du mois de juillet. Quand il me répondra, dans un courrier succinct, deux mois plus tard, en septembre, il relève que les cours ont déjà démarré en France ; qu'il serait judicieux pour ma part de formuler une autre demande l'année prochaine. Voilà sa réponse !

Ce que je ferai plus tard en étant admis à l'université de Chambéry cette fois-ci. On me refusera à nouveau ce visa sans aucune justification. Je comprends qu'un recours n'y changerait rien, que la France n'accorde pas de visa à des gens comme moi. À cet instant, rien ne va. Tout va mal. Juste le vide en dessous et au-dessus. Je plane. Je n'ai plus pied. J'ai le vertige. Je ne trouve d'explications nulle part. Tout me tombe dessus. Je glisse tout doucement vers une lente et longue descente vers l'abîme, le désespoir. Le précipice me guette une seconde fois et il semble mieux outillé cette fois-ci. Je n'éprouve plus d'attraits pour les études, car on m'y dénie une place. La confusion s'abat sur moi. Après cela, plus besoin de faire quoi que ce soit. Ce n'est pas intentionnel. Je suis simplement pris dans le piège. Je suis la mauvaise graine qui ne pousse pas. Que faire quand l'horizon s'obscurcit, que la difficulté paraît infranchissable ? Je me détache des cours à la Faculté de droit et je ne me présente pas à l'examen. À quoi bon !

Je retourne voir Diadia, celle qui me nourrit. On remarque mon absence à la cité des Filaos. Je m'éloigne encore plus du vœu de notre père de scolariser tous ses enfants et d'assister dans le même temps à leur réussite professionnelle.

À mon arrivée à Kané, Diadia comprend. Elle perçoit l'amertume, la déroute profonde de son cher petit-fils. Elle le voit tourmenté, rabougri, renfrogné, en vouloir au monde entier qui ne le comprend pas. Elle ne me pose pas de question. Ce n'est pas important pour elle. Elle salue mon retour au bercail, là où tout a commencé à ses côtés à Kané. Ensuite, elle me traîne de marabout en marabout. Elle se dote d'une ultime mission : son petit-fils manque de baraka et rencontre trop d'obstacles sur son chemin ; tous ceux qui veulent le retenir dans sa poussée doivent être réduits au silence.

Aux côtés de Diadia, le silence règne toujours. Cela me réconforte et atténue un temps la nausée. Je reste un temps à Kané et remarque que certains voisins diakhanké ont quitté le village et se sont installés à Bendou, leur fief majoritairement à cinq kilomètres de Kané. Diadia pense qu'elle n'a pas vocation à changer de village malgré le souhait manifeste des uns et des autres. En partant, elle abandonnerait ses voisins peulhs qui perdraient ainsi une Diadia.

Quant à Barra, il semble bien lancé dans la vie. Son atelier de soudure est très sollicité et il a en formation cinq autres gamins qui avaient son âge à ses débuts. Il a aussi investi sur une machine de décorticage de coque d'arachide. Il est très content de sa machine me dit-il. Nous prenons souvent le thé ensemble sous le caïlcédrat à côté de son atelier ; nous passons nos soirées au foyer des jeunes de Kané. Nous nous réjouissons de nos retrouvailles. Ce complexe qu'il nourrissait à mon égard a disparu pour laisser place aux bonnes heures d'antan. Les gens se réjouissent de nous voir l'un à côté de l'autre, conclusion d'une histoire d'amitié retrouvée. Le destin a une drôle de façon de se manifester dans les interstices de l'existence.

Inondé à coup de bains maraboutiques extrêmes, d'eau bénite à profusion, ceinturé à la taille de gris-gris, je retourne à Dakar avec l'apparence d'un aplomb retrouvé. Avec ces deux années de tribulations caverneuses, d'avenir incertain, je trouve un autre moyen de rejoindre maman. Les autorités belges sont moins sourcilleuses que les françaises, dit-on. Il me faut trouver un visa belge afin de me rapprocher de ma mère : tous les chemins doivent me mener à elle, sous l'ombre protectrice de Diadia.

Si invraisemblable que cela puisse paraître, les autorités belges m'accordent un visa. Cela me fait moins plaisir, mais l'objectif est acquis. Sésame en main, les choses ne me sont plus claires comme elles étaient avant. Je doute maintenant devant ce voyage tant rêvé comme à redouter toujours un échec. Lors de ces ruminations de mes voix intérieures, une évidence apparaît : abstraction faite du visage de la maman, il y a tout de même une rencontre à venir, celle de la langue, des mots et des lettres…

J'achète mon billet dans une grande compagnie française. Il me faut rentrer par la grande porte.

Je quitte Dakar un dimanche soir. J'atterris à l'aéroport Charles-de-Gaulle muni de mon passeport et de mon visa délivré par les autorités belges, très tôt le matin. Le changement, je le ressens dès ma sortie d'avion. L'été approchant, ce n'est pas le grand froid comme on me le conte si souvent. Tant mieux. Ce matin à Roissy, il y a un léger vent qui me saisit tout le corps. Le ciel comme miroir, je ne peux m'empêcher de sourire ; le décor tout autour éveille un sentiment nouveau, une renaissance.

Du tarmac au parvis du hall central, j'attrape froid très rapidement. Au hall, je grelotte encore plus fort mais je ne veux rien laisser paraître de suspect. Il y a tellement de pensées qui me passent par la tête en ce moment. Avant tout, je crains que la police aux frontières ne me laisse pas entrer sur le territoire français. Il me faut passer les guichets de contrôle.

Dans un bruit de roulement des valises, les voyageurs se pressent dans le hall ; tous ont hâte d'arriver à leurs destinations, tout comme moi. Ils se mettent en rang. Deux files se distinguent nettement. D'un côté, les voyageurs tiennent d'une main leurs passeports et quelques documents bien en vue. De l'autre, on semble plus serein, moins préoccupé. Cette file avance plus vite. J'ai l'impression que l'on contrôle simplement leur nombre ; qu'on les traite plus familièrement, un à un, en leur souhaitant un bon retour. De la première file, c'est mon tour au guichet ; je présente mon passeport et mon billet au contrôleur. J'ai hâte de passer de l'autre côté, celui d'un passé à méditer et d'un avenir à apprivoiser. Le sent-il le contrôleur ? Il ouvre mon passeport d'un trait. Se doute-t-il de quelque chose ? Se méfie-t-il de mes prétentions futures ? Je reste concentré. Essaie-t-il de me déstabiliser ? Nous sommes maintenant dans le regard. Il me fixe dans les yeux. Je maintiens la tenue. Je bloque ma respiration. Je ne respire plus. Mes traits du visage ne se crispent pas. Je prends l'air plus sérieux. L'agent au guichet reprend mon passeport qu'il avait placé de côté et vérifie mon billet un peu plus sérieusement :

— Que comptez-vous aller faire en Belgique monsieur ?

— Des vacances monsieur ! J'ai tellement travaillé cette année que je mérite bien du repos et je compte bien en profiter pleinement, vous comprenez monsieur, enchaîné-je dans un français quasi parfait, aussi limpide qu'un natif de la Tronche.

— Je comprends

Cet air assuré, ainsi que les mots usités avec netteté et autorité m'accordent la grâce. L'agent au guichet semble-t-il conquis même s'il penche la tête légèrement à droite comme pour marquer un léger doute de l'arnaque ? Il finit par soulever son tampon et valide mon admission sur le territoire français. « Bonnes vacances, Monsieur » me souhaite-t-il enfin. Ouf !

Je franchis le portique des guichets euphoriquement, ému et soulagé. Je jubile au fond de moi et prends l'envie de sauter de joie mais je me contiens en pensant que je ne dois pas encore attirer l'attention. On ne sait jamais ce qui pourrait se passer. L'agent pourrait changer d'avis.

Une immense sensation d'être, de vivre, me conquit et me conduit sur le sol français. Aujourd'hui, aucun jour ne paraît plus glorieux que ma présence ici. Je respire déjà maman, la langue ; bientôt les mots seront quotidiens.

Quelques minutes plus tard, me voilà dehors, en France ! Le ciel est légèrement nuageux, de fines petites pluies tombent par brefs épisodes. L'air devient peu humide et mon corps est en choc thermique, je suis encore sous adrénaline. Vite ! je ne dois pas rester là. J'arbore une allure fière et décontractée. Je dois prendre un taxi pour la gare de Lyon comme maman me l'avait indiqué. Juste avant, j'aperçois un officier de police qui fume une cigarette. Il semble être en pause. Je sens le besoin de lui faire la conversation. Il n'est plus l'autre, il est moi, l'envie d'une étreinte me prend :

— Bonjour monsieur, vous avez une très belle tenue ! lui dis-je.

Surpris par cette soudaine apparition dans son dos, une timide réponse parvient à mes oreilles. Ce n'est pas grave, me suis-je dit. Il s'intéresse quand même à moi :

— Vous venez d'où ?

— Du Sénégal !

— Vous n'en avez pas des tenues comme ça là-bas ?

Cette question, aussi banale et directe qu'elle soit, me laisse sans voix. Pourtant, j'ai des mots plein la bouche aujourd'hui. Ce n'est pas ce qui manque. J'ai de la voix et des mots à donner. Je ne peux me résoudre à me rappeler d'une quelconque tenue des officiers sénégalais. Il n'y a pas un détail qui me vient en mémoire. Peut-être que je n'en croise pas assez pour me les rappeler. Tout me semble flou. Je ne suis pas sûr de ma réponse, mais je lui dis quand même qu'on en a bien sûr de belles tenues, mais ce ne sont pas les mêmes que celles-là. Je ne peux y rajouter autre chose après cela. L'officier écourte la conversation lui aussi. Il finit sa cigarette, écrase le mégot avec ses pieds avant de le pousser dans une bouche d'égout. En partant, il me lance, tout de même « bonne journée ». C'est bien aimable de sa part, même s'il n'attend pas que je la lui souhaite en retour.

Je saute dans un taxi et me rends à la gare de Lyon pour y prendre mon TGV direction Grenoble. J'ai hâte de retrouver maman.

La gare de Lyon est un monde. Elle est bondée. Avec ma petite valise verte, je reste contemplatif et admirateur de ce grand hall. Certains voyageurs traînent leurs valises d'un coin à un autre, d'une sortie à une autre, sans cesse. D'autres, un groupe du même âge, sont assis à même au sol. Les cafés sont pris. Les sièges sur le hall aussi. J'entends, d'un moment à un autre, une voix dominer le grand plateau de la gare. Mais je ne peux en distinguer nettement le message. Mon attention se disperse dans le grand brouillard de l'émerveillement, du plaisir de me trouver là.

Je n'ai jamais fréquenté une gare comme celle-là et jamais vu dans le même temps autant de passagers. Je n'ai non plus jamais pris le train de ma vie. Je vois une place libre au milieu d'un café. Je m'y précipite. Un garçon se présente à moi :

— Vous désirez quelque chose monsieur ?

— Non ! J'ai des vertiges.

Alors, il s'est tourné vers une autre table. Je crois qu'il n'est pas content de ma réponse. J'y reste quelques minutes et demande à un monsieur qui sollicite un verre d'eau de m'aider à acheter mon billet pour Grenoble. Il m'indique les guichets. Je m'y rends. Tous les guichets sont pris. Je n'attends pas longtemps. La guichetière m'indique que mon train est à 10 h 44. Rassuré après l'achat de mon billet, je retourne au café précipitamment car j'aperçois des hommes en tenue bleu nuit, calot à la tête, faire le tour de la gare. Qui sont-ils ? J'espère qu'ils ne sont pas à mes trousses...

En retournant au café que je venais de quitter, ma place est prise mais une autre se libère à côté. Le garçon me voit mais il ne vient pas de suite. Je vais le trouver derrière son comptoir :

— Bonjour, un café et deux pains au chocolat s'il vous plaît !

— Avec ceci ?

Je ne comprends pas sa réponse et lui redis ma commande.

— Est-ce que vous voulez autre chose avec, une boisson ou un verre d'eau ?

— Non, ce sera tout.

— Prenez place monsieur, j'arrive.

Il n'a plus son air mécontent. À vrai dire, je n'aime pas le café. Ça me remue le ventre. Mais tout le monde ne semble commander que cela à cette place. Je ne veux pas me distinguer des autres pour l'instant ; ce n'est pas commode quand on est nouveau en ville. Le petit déjeuner pris, le serveur ramène ma note. J'en profite pour lui commander une boisson gazeuse. Le café a toujours un goût amer et je ne peux le boire qu'après l'avoir aspergé de plusieurs cuillérées de sucre, ma drogue.

Après cela, en attendant mon train, je me surprends à une soudaine indiscrétion : je vois une femme, une divine au déhanchement provocateur et à la démarche sûre. Elle tient son regard haut et droit, les cheveux coupés courts, laissant entrevoir l'ingéniosité de son beau visage ; sa belle silhouette est d'une justesse remarquable ; malgré sa grande taille, elle porte des talons aiguilles qui clapent au sol. Elle assure et assume parfaitement sa belle personnalité. Ça, c'est de l'arrogance bien mesurée. Elle prend place au café, à deux tables de moi. Je m'enchante déjà de cette proximité. Le décor, l'ambiance, me détendent et me plonge dans la contemplation. J'oublie ma timidité et mon air étranger. Je suis avec elle maintenant, plus détendu encore et prêt à lui céder mon âme : je la regarderais la prendre. Ses belles formes douces excitent mon désir. Je m'imagine qu'elle est commissionnée pour m'émanciper, me libérer de l'ombre qui me retient ; ici, on n'entre peut-être pas sans être émancipé à tout. Je me sens battre des ailes, planer délicatement au-dessus de tout ce monde dans le hall, voguant au rythme des pas des voyageurs, du bruit de leurs valises, de la voix du haut-parleur. La belle divine possède tout ce qui atteint ma sensibilité. Ce n'est peut-être pas un hasard. En la contemplant plus courageusement, je ne détourne pas le regard une seule fois, je suis hypnotisé, pris dans ses filets. Elle me rend vulnérable. Je ne me défends aucunement contre elle ; c'est une grâce en ce premier jour sur le sol français. Je céderais à toutes ses bonnes et mauvaises œuvres. Mon monde serait sien, ouvert au plaisir et à la joie de vivre, aux espérances et à la conquête. Il n'y a pas meilleur accueil digne que celui-là. Merci la France !

Je suis dans le brouillard encore quand je reviens à moi. La voix du haut-parleur annonce l'arrivée d'un train.

Je regarde mon téléphone. Il est 10 h passées. Je fixe à nouveau la divine pour profiter pleinement de sa beauté une dernière fois. Je finis par me lever sur une dernière image d'elle, frustré d'abandonner un si joli tableau.

Je cherche ma voie et demande de l'aide à un Africain que je croise. Il n'a pas de valise ni de billet entre ses mains. Je l'aperçois pour la deuxième fois monter d'un hall à un autre. Il a l'air de connaître les lieux :

— Bonjour, pouvez-vous m'indiquer la voie de train pour Grenoble ?

— Tu as acheté ton billet ?

— Oui !

— Viens, je vais t'aider à prendre ton train, mon frère.

— Merci !

Il m'entraîne alors dans un tunnel et me dit qu'il me faudra, en plus de mon billet de train, un ticket remboursable à mon arrivée à la gare de Grenoble. Il me suffira dit-il me présenter à la gare d'arrivée et présenter ce ticket pour remboursement. Il achète un ticket, de métro sans doute, par carte bleue qu'il me tend amicalement moyennant deux cents euros. Je ne me méfie pas. Je sors l'argent et lui remets immédiatement pour me rapprocher de mon train au plus vite dans la plus grande naïveté.

Ce « frère » africain me guide enfin vers ma voie de train que je prends. Depuis cette rencontre, j'ai cessé tout de suite de m'identifier à la couleur.

Dans le TGV, je prends place côté fenêtre pour mieux apprécier le paysage et la campagne française. Quand le train sort de la ville, je ne peux m'empêcher de coller ma tête à la vitre. Le décor de campagnes et le paysage défilant sous mes yeux me font penser aux multiples réalités derrière moi ; certaines s'éclaircissent alors que le train maintient sa pleine vitesse. Une grande lassitude s'empare de mon corps et dompte mes pensées : l'épuisement, l'approche du but, et la fin des combats à mener.

J'arrive à Grenoble vers 13 h passées sous un soleil clément, un air doux et frais. En descendant du wagon, j'aperçois ma mère et deux de mes demi-frères Dembo et Kourou. Ils sont contents de me voir. Je me réjouis de leur accueil. J'avance timidement vers eux, étreins ma mère d'une telle force que je crois l'étouffer. Rassurés, nous nous comprenons que c'est la fin d'une longue attente.

Traditionnellement, on nous habitue à dominer nos émotions à l'âge adulte. Nous devons nous comporter comme des hommes face à toute épreuve. Pour cela, nos peurs et nos émotions doivent être profondément dissimulées. L'apparence, l'illusion peut-être, de demeurer maître de soi compte avant tout. Mais grandit-on vraiment devant ses parents ? Cela faisait si longtemps que j'attendais ce moment de rencontre avec maman. Pour aujourd'hui, je veux rester cet enfant, Elhadj, qu'elle a laissé quand elle est partie à mes quatre ans.

Après ces moments de retrouvailles, d'accolades, nous rentrons ensemble à la maison, en tram.

Ma mère habite sur le grand cours Libération, dans un petit appartement d'une quarantaine de mètres carrés. Il y a deux chambres, un séjour et une cuisine ouverte sur un petit balcon. Elle occupe une chambre. Ses cinq garçons maintenant réunis, Dembo, Oussou, Malick, Kourou et moi, occupons l'autre chambre sur des lits superposés. Kara, le dernier, préfère installer son matelas dans le salon qu'il trouve plus confortable. Il n'y a que Ibou qui manque à l'appel.

Mon beau-père est absent de l'appartement. Il ne vit plus avec maman. On ne le mentionne pas. Je ne le réclame pas non plus. Je présume que ma mère a divorcé à nouveau. Elle ne me dit rien à ce propos. Une lettre qu'elle avait adressée à Diadia faisait plus ou moins allusion à leur mésentente. Il semblerait, d'après les confidences de ma mère, qu'il n'avait pas souhaité ce regroupement. Quand ma mère y a songé concrètement en faisant sa demande de naturalisation, indépendamment de la volonté de notre beau-père, l'administration française lui avait notifié qu'elle ne pouvait joindre ses fils restés au Sénégal à sa demande de naturalisation.

Ce jour-là, après le repas vers quatorze heures, ma mère désire faire une sieste. Elle doit aller travailler à 17 h. Elle me propose d'en faire autant, vu le voyage que j'ai effectué. Je n'ai pas envie d'une sieste lui dise-je tout bas, pas maintenant en tout cas. J'aurais comme l'impression de perdre du temps dans le sommeil. Il y a tellement de choses à rattraper et à découvrir. Je me pose alors dans le salon avec Dembo et Kourou. Les deux autres, Oussou et Malick, ne sont toujours pas rentrés.

Dans le séjour, je me mets à contempler les murs, les portraits qui y sont suspendus. Je veux reconnaître des visages. Je vois Diadia, mon grand-père, Elhadj, que j'identifie en photo à côté de Diadia pour la première fois. Je ne reconnais personne d'autre. De temps en temps, je me mets sur le petit balcon de l'appartement côté séjour pour sentir encore l'air sous le toit de maman. Pas de fumée âcre ici. Le paysage urbain est agencé : les espaces aménagés, les arbres bien taillés, les parkings aux tracés visibles au sol, les voitures garées en ordre ; au loin, il y a des chaînes de montagne qu'on ne peut pas louper et qui dominent la ville. Dembo les nomme : Chartreuse, Belledonne et Vercors ; Grenoble occupe une cuvette. Il semble même, d'après Dembo, qu'on puisse apercevoir des traces de neiges à cette période de l'année. Toute cette harmonie sous le toit de maman m'apaise profondément dès mes premiers instants de vie à leurs côtés.

Avant 17 h, comme prévu, ma mère se réveille. Elle se prépare pour se rendre à son travail. Mes petits frères eux aussi sortent, juste après son départ. Je reste seul à l'appartement. Je pénètre dans la chambre de maman et inspecte tranquillement son lit. Il est bien fait, bien frais, et dégage une odeur particulièrement douce. J'hésite à m'y allonger car c'est interdit à un certain âge pour nous, les garçons ; en même temps, je frissonne de cet instant qui m'est offert, retrouver l'odeur exquise de son lit, dont je ne me souviens plus ; je ressors de la chambre, vérifie à nouveau que la porte de l'appartement est bien verrouillée et, ainsi sûr d'être seul, je retourne dans la chambre, je n'hésite plus, je m'allonge confortablement en tirant la couverture sur moi ; j'essaie de distinguer son odeur dans mes souvenirs pour la lier à sa chambre mais elle ne vient pas. Toutefois, son lit reste doux et sécurisant ; je ferme les yeux ; l'envie d'une sieste se présente aussitôt. Je somnole un peu et crains de m'endormir. Je parviens à sauter du lit et m'assure de bien le refaire sans laisser de trace.

À son retour le soir, après son travail, ma mère appelle la famille : les oncles, les tantes, les cousines, bref tout le monde afin de leur faire part de ma présence. Je passe une semaine à répondre au téléphone, à recevoir des visites quotidiennement à la maison. Tout le monde me souhaite la bienvenue.

Avant la fin de cette semaine, vu qu'il ne me reste que quelques jours avant l'expiration de mon visa, je me rends à la Préfecture de Grenoble, accompagné de ma mère maintenant devenue française pour une demande de titre de séjour sous le motif vie privée et familiale.

Maintenant que je suis là, présent à ses côtés, ma mère estime qu'il n'est plus question de nous séparer ; ce serait insupportable pour elle.

Une fois la demande de titre de séjour déposée, je reçois pour trois mois une autorisation de séjour sans droit de travailler. Les services préfectoraux doivent étudier mon dossier et connaître cette séparation précoce pour admettre le bien-fondé de ma présence sur le territoire français.

Pendant cette période, je sens le besoin de poursuivre mes études de droit que j'ai abandonnées en deuxième année à Dakar. Je suis en confiance. Je renais.

J'adresse un courrier au Président de l'université qui accède à ma requête, mais propose une inscription en sociologie pour commencer, car les cours de droit ont déjà commencé. Je pourrai alors me réorienter au second semestre en droit. C'est parfait comme solution me dis-je. Depuis mon arrivée, tous les événements prennent une tournure prometteuse.

À la reprise des cours en sociologie, je prends conscience de mon avenir, de mon plein avenir et du temps que j'ai perdu à errer. Je me considère d'ores et déjà comme un étudiant normal, de retour sur les bancs, ma place privilégiée. En si peu de temps, je prends estime de moi-même et à la vie en faculté. Je me fais des amis et passe avec brio l'examen du premier semestre.

À la rentrée de janvier, je fais ma rentrée en droit après validation de ma réorientation par une commission. En droit, je suis dans mon élément. Je suis convaincu d'être fait pour étudier le droit : je suis assidu en cours, prépare mes travaux dirigés et fréquente beaucoup la grande bibliothèque de l'université. Cette bibliothèque est une des plus grandes que j'ai visité de ma vie. Comment pourrais-je ne pas réussir dans ces conditions ?

Peu de temps avant l'expiration de mon deuxième récépissé de trois mois, je reçois un recommandé de la préfecture. Il m'y est notifié que la France ne veut pas de moi sur son territoire, que je n'ai pas de place ici à côté de maman. De même, je suis convié à quitter immédiatement le territoire français. Voilà à nouveau, la chute !

Je suis à nouveau exclu et renvoyé à la case départ. Mon élan se trouve stoppé net. Dans l'urgence, une avocate plaide ma cause au tribunal administratif. Mes soutiens, mes professeurs particulièrement, sont présents. Avec l'appel de l'avocat, rien n'a pu être fait : je rentre ainsi, définitivement, dans la case « étranger en situation irrégulière ».

Un matin chez ma maman, deux agents de la police aux frontières toquent à la porte. Ils sont venus pour me renvoyer chez moi.

Avant leur venue, la veille, je ne ferme pas l'œil plus d'une semaine à cause de ma situation administrative. J'achète donc à la pharmacie du valium, pour dormir un peu.

Il n'y a personne dans l'appartement pour ouvrir aux agents devant la porte. En me réveillant en sursaut, en plein somnambulisme, comme dans un rêve, je me dirige vers la porte sans méfiance. En ouvrant, je comprends tout de suite que ces agents sont là pour moi. L'un d'eux m'interroge :

— Bonjour monsieur, est-ce que monsieur Khalil est là ?

L'un d'eux détient entre ces mains une copie de mon récépissé avec ma photo dessus en noir et blanc.

— Qui ? mon frère ? que lui voulez-vous ? Il n'est pas là ; il est en cours à la fac ; revenez à midi si vous le souhaitez, il rentre toujours à cette heure-là pour manger.

Après un moment de silence et de doute à cause de cette langue bien articulée, ils paraissent convaincus, un instant. Je n'ai eu qu'un moment de lucidité.

— Merci monsieur, m'adresse l'un d'eux, en retrait, en redescendant les marches des escaliers.

Je referme la porte derrière moi, immédiatement. Ça marche toujours dans certaines circonstances quand on sait dominer la langue : on crée le doute et alors on est du dedans, on ne vous exclut plus, vous êtes de prêt ou de loin partie intégrante du lien qui unit. Mais le subterfuge ne dure pas longtemps. Ces agents de la police aux frontières comprennent vite ce qui vient de se passer. Ils remontent à nouveau. J'entends l'un dire : « il nous a bien eus ce salopard ». Ils reviennent à la charge et insistent « ouvrez la porte monsieur, on ne bougera pas de là tant que cette porte ne sera pas ouverte, vous comprenez ? ». Ils sonnent, resonnent à nouveau, tapent à coup de poing contre la porte. La voisine du même étage vient s'enquérir. Collé à la porte, la frousse dans les tripes, je ne réponds pas. Mais j'ai peur de leur intimidation. Je ne peux pas ouvrir ! Il n'est pas question que je me livre à eux tout bonnement.

Une autre voisine fait irruption et tombe nez à nez avec eux. Ma mère s'était confiée à elle, lui avait annoncé ma venue, notre longue séparation ; elle dit aux agents qu'il n'est pas question de me laisser repartir sans rien faire. Les agents lui enjoignent de rentrer à son appartement et d'y rester. Je pense tout de même que ses paroles ont eu un effet, même infime.

Après le départ des agents qui ont fini par céder, j'en fais mention à maman de cette visite au téléphone. Prise de panique à son tour, elle pense que je ne dois plus aller en cours, que je dois même quitter son appartement et aller me réfugier quelque part en attendant que les choses se tassent. Dès ce moment, tout s'arrête. Le brouillard m'accapare. L'incertitude s'installe. Les cours à l'université s'achèvent. Cette situation marque le début de la fin d'une vie familiale avec maman à peine commencée.

Me voilà encore une fois de plus englouti dans un éternel acharnement administratif de la part de la Préfecture.

Après cet épisode, la paranoïa s'installe aussi bien dans ma tête que dans celle de maman. Je me méfie de tout et crains tous les policiers que je croise. Je pense qu'ils n'abdiquent jamais facilement et qu'ils sont à ma recherche quoi qu'il arrive.

Chez mon oncle où je m'installe, à Échirolles, j'intègre un club de foot en tant qu'éducateur sportif des plus petits. Je gagne cent euros par mois. La moitié me sert à la recharge de mon titre de transport, l'autre moitié comme argent de poche. Ce périple dure une année.

Après de longs moments d'errance, j'entreprends une démarche d'intégration citoyenne à partir de l'été 2012. J'en fais part à Manuel Valls alors ministre de l'Intérieur dans un courrier. J'envisage de m'engager dans la Légion étrangère car je veux servir la nation française avec « amour et patrie ». Maman prend peur. Elle craint de me perdre une deuxième fois, peut-être à jamais, en intégrant l'armée. On y côtoie la mort en permanence, dit-elle. Je me surprends moi-même de ce regain de courage dont personne ne me soupçonnait. Ma détermination est à la mesure de mes attentes dans ce pays.

Mon engagement à la Légion étrangère commence à Lyon. Dès mon arrivée, l'officier recruteur, avec un accent bien pointu, me demande tout de suite de faire des tractions pour me sonder, sans doute à cause de mon allure chétive et mon regard de chien battu qui ne convainc personne.

Après avoir rempli quelques formalités et changé de nom et de prénom ainsi que ma date de naissance, l'armée m'envoie à Paris en train, à leur frais, au Fort de Nogent. J'y reste deux semaines. Je dois avant tout satisfaire aux exigences d'engagement : test de personnalité, récit de vie, motivation, visite médicale...

Après la dernière visite médicale au Fort de Nogent, on nous escorte, allemand, canadien, colombien, mongole, serbe, gambien, en train, jusqu'à Marseille. Dans le train, accompagné de deux sergents me semble-t-il, un compartiment entier nous est réservé. C'est du lourd, l'autorité militaire. Je me rends compte tout de suite que ce n'est plus un jeu, un tour de passe-passe ; maintenant dans ce train, la trappe se referme derrière moi. Ai-je le choix maintenant ? Je dois aller au bout, bon gré mal gré.

Arrivé à Marseille, un bus de l'armée vient nous y cueillir pour nous conduire à Aubagne, le lieu emblématique de la Légion étrangère.

Dès notre rentrée au Quartier, nous sommes regroupés dans une salle et sommés de nous déshabiller afin de mettre nos tuniques : un t-shirt et un short court. Le combat est lancé. La vie civile est derrière nous et nous faisons un pas de plus dans la vie militaire.

Mon séjour à Aubagne dure quelques semaines. Je réponds aux multiples tests qu'exige la procédure de recrutement avant enrôlement définitive. Je signe un contrat de cinq ans.

Dans le parcours, entre exigence militaire d'obéissance aux ordres, le choix du corps à intégrer et les multiples entraînements, mon corps ou même mon esprit sonnent le glas : je suis là pour de mauvaises raisons.

Aux résultats de ces tests d'aptitudes, je suis recalé et mon contrat de cinq ans, signé préalablement, est dénoncé pour incapacité temporaire. Les recalés sont raccompagnés à la gare de Marseille. Je reprends le train de Lyon, mon point de départ. Arrivé à Lyon, je prends contact avec mon cousin Salimou, averti de mon passage. Il m'invite chez lui. Cela fait si longtemps que nous ne nous sommes pas revus. Je lui explique mon aventure à la Légion étrangère. Plus réaliste que moi, il me propose de travailler avec ses papiers moyennant trente pour cent de mon salaire, si je le souhaite. J'accepte sa proposition. Je veux avoir de répit et enfin poser pied un endroit sans crainte et me faire oublier des services de la police aux frontières. « Un migrant » est forcément le premier des errants en France. Il est ici, mais tout le renvoie ailleurs. Il se contente, non pas d'exister, mais tout simplement de vivre, de survivre.

Après plusieurs dépôts de CV, une agence d'intérim me propose un emploi trois jours plus tard. C'est ainsi que j'intègre une entreprise spécialisée dans le traitement et revalorisation de matières plastiques en tant que manutentionnaire. Je m'y adonne corps et âme à la tâche, tous les jours, pendant six mois, dehors, sous la pluie, qu'il pleuve ou qu'il neige — mes mains gèlent — je ne bronche pas. Je n'ai que ça pour m'offrir un semblant de vie. Avec une pugnacité dont je me surprends quelquefois, on me propose un contrat à durée indéterminée. J'en parle à Salimou, celui dont je porte le prénom et le nom. Il accepte. Je signe ce contrat et trouve enfin un appartement à Lyon dans le septième arrondissement.

Au travail, je dispose d'un petit bureau et m'occupe d'une machine de production alpine. Mon salaire amoindri suffit à payer mon loyer. Ce n'est pas grave, me dis-je. Ce qui importe est de trouver un peu de salut, la paix, la quiétude. Que n'accepterait-on pas pour survivre ? Avec mon travail, je m'enorgueillis d'être entré dans le moule, dans l'oubli. Je me fonds dans la masse. Je commence ainsi à réaliser que ma vie en France n'est pas celle que j'envisageais en venant retrouver maman. Enfant de Kané, je m'estime dans mon bon droit. L'illusion m'apparaît clairement désormais.

Comme tout étranger en situation régulière, je profite souvent de mon week-end pour rendre visite à maman. Je privilégie le co-voiturage pour éviter tout contrôle de police dans les gares.

En présence de maman, je ne me reconnais plus. Je suis aux petits soins. Au fil de ces visites, maman comprend cette demande excessive de ma part. Elle réagit : « ton frère et toi avez grandi loin de moi, eu d'autres parents, moi, vois-tu, je n'ai plus la force de jouer à la maman attendrie, cela me dépasse ».

C'est à cet instant que je prends conscience de cette belle et longue illusion, de ce mal qui m'habite. En un instant de clairvoyance, moi qui n'attends jamais rien de personne, je me rends à l'évidence de son constat : je suis adulte et dois me comporter comme tel. Elle me sauve. A-t-elle raison, je ne sais pas ? Mais je la comprends, et reviens à la réalité : c'est une femme seule qui élève ses quatre garçons. Elle ne peut pas rajouter de la peine à la peine. S'occuper d'un adulte-enfant requiert du temps, évidemment !

Cette mise au point de ma mère me fait sortir de ma bulle et m'émancipe. Que mon choix de me retrouver là, quand il s'y ajoute les difficultés administratives, le rejet de la France, n'est pas volontaire. Mon aventure est guidée par une posture mal définie, méconnue, sans réponses. Je réalise enfin, douloureusement, qu'il y a une vie à mener sans la mère. Mon réveil est beau, libre, sans emprise, le tout auréolé de mots conscients. Cet état de fait m'amène involontairement à jouer un autre rôle avec ma mère. Car en fin de compte, je ne la connais pas tant que ça ; notre proximité d'antan a disparu et les liens qui nous unissaient dans la grande cour de Diadia, aussi loin que je m'en souvienne, se sont endormis. Parfois, il m'arrive de ne plus savoir quel rang tenir avec elle. Sa mise au point est efficace et salutaire. L'absurde, c'est mon vœu de lier un fil qui s'est défait depuis son départ inexplicable et brutal. Je me rends compte, à présent que c'est une entreprise perdue d'avance. Je me désole d'être pleinement déçu de mes attentes et d'avoir dormi aussi longtemps, hanté par l'absence et la disparition soudaine de cette maman qui n'est plus. Je consacre alors qu'un week-end sur quatre à ses côtés, après cette confession.

À Lyon, je circule à vélo la semaine entre le travail et mon appartement. Je n'en ressors que le lendemain matin. Certains moments de solitudes me redonnent goût à la lecture. Je fréquente à nouveau les librairies et évite les bibliothèques, tout endroit où on pourrait me demander de présenter une carte d'identité.

Cette aventure à Lyon entre boulot et domicile dure deux ans. La fermeture définitive de l'entreprise suit à un incendie, détruit cet équilibre retrouvé. Que faire maintenant ? Il n'y a plus de projet envisageable nulle part. La maison mère de l'entreprise qui se trouve à Paris souhaite reprendre tous les salariés lyonnais. Vu ma situation d'étranger en situation irrégulière, travaillant sous un nom d'emprunt, je ne peux prétendre partir à Paris avec l'identité de Salimou. Je bénéficie alors d'un licenciement économique et bénéficie d'une indemnité d'un peu moins de cinq mille euros. Je rencontre tous les problèmes du monde pour l'obtenir.

Avec cet argent, je rentre définitivement à Grenoble. Ici, la tension que je vis de l'intérieur semble suspendue. Je prends un appartement et m'installe à nouveau seul pour dissiper tout malentendu et parce que je suis maintenant capable de me prendre en charge, enfin. Je m'installe dans le quartier Hoche dans un appartement d'un peu plus de vingt mètres carrés.

Je me mets à nouveau, deux mois plus tard, à la recherche d'un emploi pour m'occuper l'esprit. Il n'y a que le travail qui libère, l'impression de participer au commun. Le travail accorde toujours une place, on s'émancipe de l'angoisse du temps long et de l'attente d'une possible régularisation. En somme, on aspire tous à se faire oublier, n'être plus désigné comme bouc émissaire.

Quelques semaines plus tard, j'obtiens un emploi dans une grande entreprise de la place, dans le centre de

Grenoble. Je travaille la nuit de 21 h à 5 h du matin en utilisant cette fois-ci la carte d'identité de Dembo. Et pour bien correspondre à cette nouvelle identité, au cas où l'accent exotique apparaîtrait, je me fabrique une histoire dont le contenu serait en somme : je suis né ici, enfant je n'étais pas facile à vivre, mes parents ont décidé de me laisser chez mes grands-parents au pays pour me remettre dans le droit chemin. En fonction des situations, je m'adapte. Les mensonges s'accumulent même sans nécessité. Je change de version, de discours, selon que je suis dans le cercle professionnel ou privé, d'une personne à une autre. Qui saurait reconnaître un étranger en situation irrégulière et qui travaille ? Je me trouve pris dans mes propres mensonges. Car je porte encore plusieurs prénoms et noms de circonstance. Parfois, quand je croise certains collègues en ville, j'ai un temps d'hésitation avant de répondre à un prénom circonstanciel devant mes amis.

L'aventure nous change. On y perd beaucoup, une partie de son identité, sa propre personnalité. Certaines valeurs qui nous font, les plus enfouies dans notre âme, s'obscurcissent ; tout devient sujet à caution dans notre mémoire vive.

Au bout de dix-huit mois de contrat dans cette grande entreprise locale, mes supérieurs sont satisfaits de mon travail. Ils m'encouragent à évoluer et me font bénéficier, une fois de plus, d'un contrat à durée indéterminée. Cette confiance que l'on m'accorde au travail m'honore et reconnaît ma valeur, mais je ne manifeste aucune joie car je connais déjà l'issue de ce travail qui s'arrêtera un jour. Cette nouvelle conscience professionnelle acquise commence d'ores et déjà à me jouer des tours à cause de la tromperie qui la nourrit. Je me trouve alors en situation de mal être profond à cause de la confiance, la considération que mes employeurs m'accordent au travail car ils ne savent pas réellement qui je suis. Est-ce un mensonge nécessaire ? Comment mettre en avant ma bonne foi sachant que l'on est indexé à longueur de journée dans les médias par les politiques qui nous décrivent comme des indésirables à la recherche du pain bénit ?

J'ai de plus en plus mal à me supporter au travail face à mes employeurs qui me convient aux séminaires professionnels car, disent-ils, un bon atout doit être encouragé et soutenu pour la réussite commune de l'entreprise. À ce moment, je me confronte réellement au spectre du mensonge, à la tromperie qui nuit à mon intégrité morale.

Deux possibilités s'offrent à moi : dire la vérité et obtenir éventuellement une régularisation par le travail ou alors être renvoyé pour tromperie. Entre les deux, difficiles de choisir quand la peur nous habite : si je suis mis à la porte pour avoir menti, je perds toute quiétude, je rends mon appartement et me trouve en situation d'errance absolue. Toute personne en situation irrégulière vit dans la hantise de renoncer à survivre et de retomber dans la misère, la solitude, la décrépitude. Pas facile de se situer ni de trancher.

Je finis par démissionner de cet emploi tant convoité devant l'incompréhension générale de mes employeurs qui me soupçonnent de trahison et de motifs peu cohérents. Après l'annonce de ma démission, je ne suis plus le même homme courtois, travailleur et disponible. Mes employeurs veulent, je le sais, arriver au bout de mon préavis de départ. Je les ai déçus. Je ne peux répondre autrement à leurs attentes, de peur d'ébruiter cette identité triple ; le mensonge reste gros, l'accumulation des propos avancés au fil des mois encore plus.

Dans cette situation, il faut tenir bon pour ne pas mettre sa propre ceinture au cou.

Je prends conscience de ma situation en déposant à nouveau, en octobre 2016, une demande de titre de séjour toujours sur le même motif : « vie privée et familiale et admission exceptionnelle au séjour ».

De cette demande, je reçois à nouveau un récépissé de six mois des services préfectoraux, ensuite de trois mois et encore un autre… À moi tout seul, j'ai accumulé plus d'une année d'attente avant qu'on décide de mon sort : droit ou non de rester en France.

Après ce temps long d'attente, je me présente un jour au service d'accueil de la Préfecture et demande à être reçu par un responsable à qui je pourrai vendre mon histoire. La réponse est froide — sans doute à cause de mon ton déterminé —, l'agent au guichet me signifie qu'ici : « il n'y a que les dossiers que nous traitons ; nous ne recevons personne pour une première demande de titre de séjour ; que vous soyez je ne sais qui n'a pas d'importance monsieur ». Je perds mon sang froid en m'indignant fortement auprès de cet agent : des dossiers ? Voilà à quoi vous nous réduisez. Les choses se sont enchaînées vite après cette agitation. Je reçois plus tard une convocation de la Préfecture. Dans le courrier, il est écrit succinctement : « vous êtes prié de vous présenter à la Préfecture pour recevoir notification de la décision prise à votre encontre ».

Le jour J, un lundi, accompagné d'élus locaux sensibles à ma situation personnelle, on me notifie malgré tout que ma demande de titre de séjour est refusée ; j'ai une obligation de quitter le territoire français, une interdiction de retour sans délai, plus une assignation à résidence. Avec cette dernière, je dois me présenter deux fois par semaine au commissariat de police, signaler ma présence sur le territoire, en attendant de faire mes bagages. Pour cette assignation, mon avocat m'a bien prévenu en insistant : « vous devez absolument vous présenter à ce rendez-vous pour montrer que vous êtes de bonne foi et que vous n'avez pas manqué volontairement cette convocation ; ce sera bon pour votre défense si vous vous y présentez ». Quelle ignominie de vouloir toujours démontrer aux autres que vous êtes de bonne foi alors qu'ils n'en ont rien à faire ; vous êtes différents, étrangers, et c'est tout ce qui compte, le reste n'a pas d'importance.

Mardi neuf janvier, premier jour d'émargement au commissariat de police, ironie du sort ou pas, correspond au jour de mon anniversaire. Voilà ! ce à quoi je dois m'engager aujourd'hui, jour de mon anniversaire. Assigné à résidence, c'est le risque que les services de la police aux frontières vous escortent *manu militari* en centre de rétention avant de vous mettre dans un charter, tous frais payés, sans retour possible.

Prisonnier de la nuit dernière, je peine à me lever du lit au petit matin car elle fut longue, tourmentée, méditative ; mon esprit est assailli par ce nouveau tourment administratif. Je ne songeais qu'à cela depuis hier, au coucher comme au lever. Cela m'avait bien fatigué en me privant le sommeil. Chaque action entreprise pour faire valoir ma situation revêt un caractère cauchemardesque et les services de la Préfecture ne sont pas du tout conciliants ni sensibles à ma situation.

Ce jour d'anniversaire, ma cousine, Fatou, me téléphone de Paris pour me souhaiter un bon anniversaire. C'est bien aimable de sa part, lui dis-je. Je crois qu'elle est la seule, l'unique à s'en souvenir. Quel intérêt ! Bon. Par le passé, à chaque anniversaire, je recevais des appels de ce genre ou des messages sur mon téléphone. Ensuite, c'était sur les réseaux sociaux que ça se passait. Je me déconnectais vite. Je n'éprouvais plus le besoin d'étancher ma curiosité, de prendre part aux réseaux sociaux ou de maintenir une quelconque relation amicale. J'étais comme muselé, battu et réduit au silence à cause de ma situation administrative. Parfois, je m'efforçais de répondre à ces attentions. Percevait-on ma fatigue ou ma lassitude ? J'entends quelquefois à la télévision qu'on devrait être plus ferme encore, davantage, ne pas nous faciliter la vie ici en France. Quelques amis s'étaient lassés de mon manque d'enthousiasme à leur égard. Ils me soupçonnaient, je crois, de feindre la joie. C'était comme ça. C'est tout. Avec le temps, ils me laissaient en paix. Maintenant, je suis seul ; bien seul avec l'administration préfectorale.

Ce jour d'anniversaire n'est pas comme les autres. Je n'aurais jamais le temps de feindre quoi que ce soit. Car je dois mener un combat loin d'être gagné d'avance. Je dois me présenter à 10 h au commissariat de police. Puis-je encore me réjouir du jour de ma naissance en ce temps périlleux ?

D'ailleurs, je ne savais pas qu'en France, il y avait un service dans les Préfectures dont la fonction est d'éloigner. Quand j'y pense, j'ai peur, peur de ce rapport qu'on entretient avec ceux que l'on considère comme des « accueillis ou des éloignés », ceux dignes de rester en France et ceux qui doivent rentrer chez eux, les éloignés, mis en quarantaine et conduits en centre de rétention. Entendons-nous la vraie question de l'identité de qui est réfugié ou migrant économique. C'est comme ça que nous sommes cités dans les médias et même dans le lexique des politiques à longueur de journée à la télé. Pour ma part, je ne sais toujours pas à quelle catégorie m'assigner. Cette catégorisation n'est-elle pas une hypocrisie ? Qui saurait déterminer réellement cela ? Mais, il y a au final un choix à faire et c'est comme ça, on subit, c'est tout.

En sortant de l'appartement où je suis hébergé, le Cours Berriat, je peine à marcher, à voir plus loin, à prendre le soleil témoin de cette lancinante route que je dois mener ; mes pas sont peu convaincants et le courage me manque ;

le sol feint de se dérober sous mes pieds, je suis en vrac et pourtant, il me faut me traîner en lambeau pour signaler ma présence à l'administration que je n'ai pas fui. Je parviens à marcher jusqu'aux transports en commun pour prendre le tram à l'arrêt Saint-Bruno, avec l'impression de me rendre complice de la Préfecture. Jamais auparavant, je n'emprunte un itinéraire aussi sinueux que ce jour d'anniversaire.

À mon arrivée, sur le seuil du commissariat de police, j'hésite à rentrer ; je ne sais pas ce qui m'attend, ça peut bien se passer ou alors mal tourner ; dans ce cas, je n'aurais pas l'occasion de faire un adieu à tous ceux que j'ai connus pendant mes huit années de présence en France. Il y'a tellement de choses qui me passent par la tête. Je me remémore les mots de mon avocat et me convaincs que même la peur la plus profonde, celle qui assiège les sans-papiers, ne doit pas me soustraire à une décision administrative. C'est avec cette pensée-là que je découvre l'enceinte d'un commissariat de police pour la première fois de ma vie. Je pénètre un grand hall : devant moi, un comptoir d'accueil où se tiennent trois policiers en uniforme ; derrière eux, de grandes baies vitrées. À ma gauche, il y'a un escalier. Le calme règne. Je n'aperçois pas non plus les cellules — comme dans mon imagination — qui servent à garder les hors- la-loi. J'avance vers l'accueil et présente mon passeport en expliquant l'objet de ma visite ; l'agent m'accueille avec un léger sourire — je ne m'y attendais pas — en cherchant dans son ordinateur un dossier me concernant. Il ne trouve rien. Cela m'étonne un instant. Il se lève alors et fouille dans le casier « nouveaux arrivants ». En ce moment, le souffle me revient peu à peu. Je me retourne et vois quatre Africains assis sur un banc à côté de la porte d'entrée. Je ne les avais pas remarqués en pénétrant : ils semblent attendre un dénouement. Lequel ? Je ne saurais le dire, mais tout comme moi la peur se lit bien dans leurs attitudes. Je suppose que nous tous ici, on est sanctionné pas pour avoir commis un crime ou un quelconque délit de droit commun mais par le fait simple de se retrouver en « terre étrangère » sans y être conviée, voilà le marqueur malheureux sur nos fronts d'étrangers en situation irrégulière. Sur le banc, l'un d'eux assis au milieu des quatre, le regard bas et triste agite ses deux jambes ; à sa droite, un autre concentré sur son téléphone confie ses peurs à l'absence ; à l'extrémité, un monsieur, probablement la cinquantaine, est habillé élégamment, cravate au col, porte des lunettes de soleil et ses chaussures brillent de mille éclats sous la lumière feuilletée du commissariat, en plein jour. Le dernier de l'autre bout n'a pas l'air inquiet, il sourit quand nos regards se croisent. Il semble plus en confiance par rapport aux autres ou est-ce un moyen simple de dominer ou chasser l'angoisse du jour.

Le policier revient avec un dossier en main et me tend un document que je ne prends pas la peine de lire et m'invite à émarger dessus : je signe de suite et attends ; il range le dossier et me signale que « c'est bon monsieur » ; comment ? m'étonné-je. « C'est bon, vous avez signé, revenez jeudi ».

Le lendemain matin à 10 h, je me retrouve accompagné de Maître Carrazola, un vif, un acharné des causes désespérées, au tribunal administratif pour lever l'arrêté préfectoral m'assignant à résidence. Situation d'urgence quoi !

La salle est pleine de mes soutiens : associations, élus de la ville, du département, agités et chauffés à bloc, murmurent et dénoncent l'absurdité de la décision du préfet, par peur de créer un précédent. Quelques minutes avant l'ouverture de la séance, un soutien de taille, le maire de la ville, se présente et fait son entrée à côté de mon avocat. Ma mère est aussi présente. Cela me réconforte l'esprit mais mon cœur brûle d'incertitudes sur l'issue de cette audience. Cette entrée est suivie par une autre apparition encore plus imposante, celle des trois juges, en ordre de bataille. La salle répond à l'injonction de se tenir debout pour l'occasion. À cet instant-là, je saisis que je suis au centre des débats. Pour une fois, je réussis à attirer à moi tout seul l'attention à la hauteur de l'enjeu : on va parler de moi. Je ne sais pas quel sera le verdict : sera-t-il influencé par les nombreux soutiens présents ? Il n'y a rien de sûr. Maître Carrazola reste lui-même prudent.

Quand les trois juges se sont installés confortablement, le Magistrat désigné, assis au milieu, ouvre la séance et mon dossier est cité en lieu et place. La parole est ensuite donnée à mon avocat. Sur le coup, je trouve la voix de mon avocat un peu plus conciliante qu'elle ne l'était la veille dans son cabinet. Sont-ils aussi intimidés que nous face aux magistrats ? Toutefois, bien que je ne perçoive aucune émotion dans sa plaidoirie, il défend vigoureusement mon dossier auprès de la Cour par le jeu de multiples jurisprudences liées à l'affaire jugée en instance : « Tout est dans mon mémoire conclut-il ». Ensuite, c'est au tour de la représente du Préfet. Déchaînement et tyrannie verbale s'invitent chez elle ; elle n'est pas du tout dans le sentimentalisme ou dans la retenue. Elle tord les mots et agite sa verve en prenant à témoin mes soutiens, usant de multiples artifices pour me désigner qu'il faut immédiatement éloigner de la société française pour non-respect des lois de la République. Pour ce faire, elle dit même que : « monsieur ne peut prétendre avoir de liens forts avec sa mère bien que naturalisée française car cette dernière est partie quand il n'avait que quatre ans ; sa place n'est pas aux côtés de celle-ci mais bien du côté de son père et de son frère qui sont restés au

Sénégal ». Je reçois de pleins fouets ses attaques. Fonctionnaire ou pas, je sens qu'elle fait de ce dossier une affaire personnelle et pire, je pense bien qu'elle croit à ses dires. Sa défense outrancière provoque un instant l'ire du public présent à l'audience. Le Président fait appel au calme et clôt les débats après que mon avocat, ébahi, n'a pu que constater cette dérive de la Préfecture à mon égard. À la sortie de la salle d'audience, Maître Carrazola réunit mes soutiens et moi au seuil de la grande porte du tribunal administratif : « nous avons tous remarqué que le juge était plus ouvert et conciliant que le Préfet ; il avait l'air convaincu du parcours exemplaire de monsieur Khalil ; maintenant, il nous faudra attendre le délibéré qui normalement tomberait dès ce soir ; je vous tiendrai informé de la décision dès que j'aurai le délibéré ».

Le soir, un peu après 18 h, le verdict tombe. Je reçois l'appel de Maître Carrazola : « nous avons remporté une première victoire ; le juge a tranché en votre faveur, votre intégration l'a convaincu ; je vous envoie le jugement par courriel et nous pourrons nous voir demain à 10 h à mon cabinet pour faire le point ».

Dans le vif après cet appel de mon avocat, je ne manifeste aucune joie. Je suis soulagé et un peu satisfait pour le coup, même si ma peur initiale d'être éloigné est écartée. En réalité, une distinction attire mon attention, inscrite en haut de la page, en lettre capitale et qui dit explicitement que cette décision est rendue : « Au nom du peuple français ». J'agrée volontiers de cette reconnaissance du jugement rendu « au nom du peuple français ». C'est le plus beau cadeau d'anniversaire, quoique tardif, que l'on me fait sur le territoire français. En substance, le peuple français est plus accueillant qu'il n'y paraît. Ce n'est pas le discours courant qui nous parviennent, nous étrangers. Les nombreux soutiens, en grande partie issus du tissu associatif local, quelques élus, en contact avec les réalités locales, mènent également ce combat avec nous pour nous sortir de l'indifférence, de l'anonymat.

En m'entretenant le lendemain matin avec mon avocat, il me réaffirme à nouveau que la partie n'est pas terminée car le Préfet peut toujours faire appel de cette décision dans les jours à venir.

En effet, l'appel de la Préfecture ne tarde pas. Je reçois quelques semaines plus tard une lettre recommandée de la Cour d'appel de Lyon, le Préfet s'acharne à nouveau en appel.

Je peine à croire qu'il y a des hommes qui s'emploient à rendre malheureux d'autres hommes. Ils rentrent chez eux le soir, en famille, satisfaits de leur dure journée de travail.

L'attente d'une régularisation occupe le quotidien de tout étranger en situation irrégulière. On entend : « si vous n'êtes pas content, vous devriez songer à rentrer chez vous ». Après cela, plus rien à dire.

Les plus dégourdis cherchent un moyen légitime pour contraindre l'administration à reconsidérer leurs situations en la mettant devant le fait accompli ; le mariage est un moyen sûr, mais la reconnaissance est détournée. D'autres générations porteront à leur tour ce mal qui habite l'esprit des parents. La valeur d'une identité évolutive dépend du soin apporté aux « futurs citoyens » pour le bon « vivre-ensemble ». Des familles sont déchirées suite à un revirement de leur situation administrative : tantôt on a le droit de rester, tantôt on devient indésirable. Il n'y a pas de souffrance plus grande que celle de l'exclusion. Exclus, n'est-ce pas vivre en dehors de la société ? Déposséder une personne de son droit d'aller et de revenir, de disposer de sa vie librement où qu'il soit, est quelque chose d'insoutenable.

Voilà maintenant que mon frère m'annonce le décès de notre père. Mon téléphone sonne un lundi à une heure du matin, une première, j'entends sa voix :

— Le vieux a rendu l'âme !

— C'est arrivé quand ?

— À l'instant mon frère, à l'instant !

— Qui est à ses côtés ?

— Notre tante Anta, oncle Balaye et moi-même ;

— M'a-t-il demandé ?

— Oui, sans cesse !

— …

— Il n'arrêtait pas de formuler des prières à ton encontre, à nous tous ses enfants.

— …

Sur le coup, après que mon frère raccroche, je ne dis rien, je ressens une immense culpabilité, un dégoût qui s'affiche et un mal être profond de m'être fait emprisonner à ciel ouvert. Tout autour de moi rien ne luit, seul le vide règne ; mon corps réagit : mon œil gauche prend feu au contact de la lumière et se referme instantanément. Je me rends aux Urgences de l'hôpital. On me révèle une uvéite aiguë, mais on ne connaît pas la cause. Je reçois une piqûre dans l'œil pour calmer la douleur. Je perds la voix et les mots. Rien ne semble atténuer l'épreuve qui m'accable.

Je suis loin de tout, de Kané, de Kolda. Je ne peux pas me trouver au chevet de mon père. Je ressens ma situation d'étranger en situation irrégulière en France comme un véritable affront, alors que mon père est bien étendu sur son lit de mort à l'hôpital régional de Kolda.

Personne n'échappe à sa mort ou à son destin, clamait souvent Diadia. Je suis la proie de pensées mélancoliques. J'occupe encore mon esprit par bien des choses désagréables. Je suis confus. La vie ? Vaut-elle la peine d'être vécue ainsi ? Je me trouve las au beau milieu de la salle d'accueil des urgences à rêvasser debout.

Je me demande si je n'ai pas trop cru à mes rêves de retrouver une mère, surévaluer mon amour indéniable pour cette France qui me nourrissait de sa langue, de la place qu'elle m'accordait, même loin d'elle et, qui maintenant s'emploie à m'éloigner. Si invraisemblable que cela paraisse, mon désir de retrouver ma mère s'est avéré plus néfaste que de vivre notre éloignement.

Au milieu de mes multiples interrogations, je veux assister à l'enterrement de mon père à Kolda. Avec le seul œil valide, je cherche sur mon téléphone un billet d'avion sur internet pour un vol Lyon-Dakar. Je partirai le jour même ou le lendemain. J'arriverai dans les soixante-douze heures à Dakar. Je descendrai à l'aéroport Léopold-Sédar-Senghor le cœur lourd et triste. Je me rendrai ensuite à la gare de Pompier en plein centre de Dakar pour y prendre un car destination Kolda ou même un vol pour descendre à l'aérodrome de Kolda. Quand le cœur est pris, rien n'a de sens pour soi-même. Il n'y a plus de calcul possible. En car, tout dépendrait de l'humeur du chauffeur et de son engin.

Avant toute initiative de ce retour précipité, j'avertis mon oncle Balaye et mon frère de mon arrivée. Conscients et compréhensifs de mon chagrin, ils m'accordent de voir mon père une dernière fois car un fils se doit de rendre hommage à son père par sa présence à son enterrement.

Encore une chance que mon père soit décédé à l'hôpital. Il y a une morgue. Son corps y resterait au moins le temps que je me présente à son lit de mort. S'il était mort chez lui, il serait enseveli sous terre le matin même à dix heures ou après la prière de l'après-midi ou au plus tard après celle du crépuscule. À cette période, la chaleur habite la région. Il ne fait pas moins de quarante degrés à l'ombre. Aussi, il y a pour certaines familles, le souci du coût d'un enterrement repoussé. Plus on attend, plus les gens se tassent pour rendre hommage au défunt. Il faut alors bien prévoir à manger et à boire. Certains, les plus proches ou venus de loin, restent après avoir présenté leurs condoléances. Il faut toujours du monde pour aller au cimetière, pour quelqu'un d'aussi bien connu que mon père. Les inquiétudes d'un enterrement rapide ou retardé ne sont pas un souci. Je m'en assurerai car j'aurais travaillé en France et aurais obtenu un emploi stable.

J'arrivais ainsi le surlendemain, probablement avec un vol pour Dakar-Kolda. Aussitôt foulé le sol koldois, je vais voir mon défunt père à sa chambre mortuaire. J'essaie de me maintenir simplement en équilibre pour garder l'apparence d'un garçon adulte, au chevet de son père mort alors que son fils était à l'étranger. Je fais honneur de ma présence. Je caresse son âme absente. Cette attention lui parvient dans son long voyage ensommeillé. Je m'entends ensuite avec mon oncle Balaye et mon frère pour que l'enterrement se fasse le lendemain matin après mon arrivée, au crépuscule. J'envisage de passer un après-midi entier à faire le point avec mon père, lui expliquer pourquoi mon voyage demeure si long en terre étrangère et pourquoi il avait raison de dire qu'un voyageur sait quand il part mais n'est jamais sûr de son retour. Je le remercie enfin de ses soins, malgré ses débuts absents, de son attention et de m'avoir permis d'enregistrer mercredi comme mon jour préféré de la semaine.

Mon oncle, pour avoir le dernier mot, me propose le surlendemain pour l'enterrement, c'est-à-dire vendredi, après la grande prière. Un jour saint sous un soleil de plomb. Mon défunt père le mérite car il fut un homme pieux parmi les honorables dignitaires de la confrérie tidianiya.

Sur le chemin du cimetière, je me noie alors dans le silence des accompagnants. Je me mets juste derrière le cercueil porté par ses neveux, mes quatre cousins à qui l'honneur revient. Je brave la poussière remontée par leurs sandales qui claquent au sol. Ils avancent ensemble, d'un pas cadencé, dans une allure triste et mélancolique ; ils essaient de maintenir en équilibre, tant bien que mal, le cercueil d'où repose mon père ; ils lui garantissent la paix qui sera la sienne dorénavant dans sa tombe. Le reste relève du divin. Arrivé au cimetière, juste avant qu'il soit mis sous terre, je lui murmure à mon tour : « repose en paix cher papa, tu as été glorieux sur terre, malgré tout, qu'il en soit ainsi ici même, dans ta dernière demeure ». Je formule des prières à son encontre comme il l'a toujours fait pour nous.

Au retour à la maison après ce long chemin sinueux au cimetière, je sèche les larmes de mes demi-frères et sœurs du regard, je les console affectueusement en leur disant : n'ayez crainte, notre père est parti mais je serais là, à présent. Tout ira pour le mieux, Inch'Allah.

Après toute ma rêverie aux urgences, le poids même de ces pensées interminables, ma condition en France, je n'ai pas bougé pour agir et accomplir mon désir. Je ne peux pas, ou peut-être je ne veux pas. La lâcheté a dompté mes pas : j'ai tronqué mon désir de raccompagner mon père à sa dernière demeure contre cette envie de vouloir rester ici. Malgré le dégoût de me trouver dans le même état qu'à mon arrivée.

La peur, l'angoisse, la pauvreté, tout amplifie les difficultés du quotidien, m'empêchant de réagir.

On s'enorgueillit toujours de prendre des décisions difficiles, d'être à la hauteur, c'est facile tant cette décision ne nous concerne pas directement.

Pour moi, partir au chevet de mon père signifie ne plus revenir en France. Décision courageuse à prendre, forte et assumée car je n'obtiendrais plus de visa. Au final, je reste l'obscur spectateur de mon sort, huit années dans l'ombre sans disposer de ma vie librement, en ayant le droit d'aller et de revenir.

S'il y a un bilan à faire dans tout cela, c'est que je n'ai pas rencontré la mère et j'ai perdu un père sur le chemin… C'est décidé, demain, je porterai plainte !

Remerciements

L'auteur tient à remercier MONSIEUR Éric PIOLLE, maire de la ville de Grenoble ; MONSIEUR Éric RECOURA, alors directeur des relations internationales de la ville de Grenoble ; MADAME ÉMILIE CHALAS, alors députée La République en Marche, le *Pôle de solidarité internationale de la ville de Grenoble* ; les associations APARDAP (*Association de parrainage républicain des demandeurs d'asile et de protection*) et *Bouquins sans frontières* (B.S.F.) ; Bien d'autres pourraient être cités ici ; la place manque et l'auteur s'en désole ; toutefois, il tient à citer particulièrement MESSIEURS Raymond VEYRET & Charles H. A. MASSON.

Table des incipit

Toute ma vie, je me souviendrai de ce jour... 7
Danse Barra ! 25
Je n'étais pas né... 35
Mon père désire compléter mon éducation... 75

Structures éditoriales du groupe L'Harmattan

L'Harmattan Italie
Via degli Artisti, 15
10124 Torino
harmattan.italia@gmail.com

L'Harmattan Hongrie
Kossuth l. u. 14-16.
1053 Budapest
harmattan@harmattan.hu

L'Harmattan Sénégal
10 VDN en face Mermoz
BP 45034 Dakar-Fann
senharmattan@gmail.com

L'Harmattan Cameroun
TSINGA/FECAFOOT
BP 11486 Yaoundé
inkoukam@gmail.com

L'Harmattan Burkina Faso
Achille Somé – tengnule@hotmail.fr

L'Harmattan Guinée
Almamya, rue KA 028 OKB Agency
BP 3470 Conakry
harmattanguinee@yahoo.fr

L'Harmattan RDC
185, avenue Nyangwe
Commune de Lingwala – Kinshasa
matangilamusadila@yahoo.fr

L'Harmattan Congo
219, avenue Nelson Mandela
BP 2874 Brazzaville
harmattan.congo@yahoo.fr

L'Harmattan Mali
ACI 2000 - Immeuble Mgr Jean Marie Cisse
Bureau 10
BP 145 Bamako-Mali
mali@harmattan.fr

L'Harmattan Togo
Djidjole – Lomé
Maison Amela
face EPP BATOME
ddamela@aol.com

L'Harmattan Côte d'Ivoire
Résidence Karl – Cité des Arts
Abidjan-Cocody
03 BP 1588 Abidjan
espace_harmattan.ci@hotmail.fr

Nos librairies en France

Librairie internationale
16, rue des Écoles
75005 Paris
librairie.internationale@harmattan.fr
01 40 46 79 11
www.librairieharmattan.com

Librairie des savoirs
21, rue des Écoles
75005 Paris
librairie.sh@harmattan.fr
01 46 34 13 71
www.librairieharmattansh.com

Librairie Le Lucernaire
53, rue Notre-Dame-des-Champs
75006 Paris
librairie@lucernaire.fr
01 42 22 67 13